De la 4e à la 3e

Passeport

N°1 des cahiers de vacances

Toutes les matières

Français
Anne-Laure CHAT

Maths
Mireille SEMAT

Anglais
Carolyn RIGG

Histoire-Géographie
Laurent BONNET

SVT
Fabienne OTTEVAERE

Physique-Chimie
Sébastien DESSAINT

hachette
ÉDUCATION

Bienvenue dans ton Passeport
Toutes les matières de la 4e à la 3e !

Afin de rendre tes révisions de vacances aussi efficaces qu'agréables, nous avons conçu pour toi un programme de révision complet de ton année, en **dix séquences** où alternent des pages de révision dans les différentes matières. Tu trouveras **la description d'une séquence type en page 4 et le menu de chaque séquence** en te reportant aux pages indiquées ici :

Mais si tu désires revoir des **thèmes particuliers du programme,** sans suivre l'ordre des séquences, tu auras besoin du sommaire ci-dessous, classé par matières.

Sommaire des notions révisées

Coche les cases au fur et à mesure de tes révisions

Avec tous les corrigés détaillés, dans le livret DÉTACHABLE

FRANÇAIS

MATHS

ANGLAIS

HISTOIRE

GÉOGRAPHIE

SVT

PHYSIQUE-CHIMIE

COUVERTURE
Conception graphique : Mélissa Chalot
Réalisation : Sylvie Fécamp
Photographie couverture : © Art Strack/CORBIS

INTÉRIEUR
Conception graphique : Oxygène multimédia
Réalisation PAO : Médiamax et Grafatom

Illustrations : Christine Circosta (français), Pierre Botherel (maths, histoire-géographie, physique-chimie, SVT), Jean-Christophe Raufflet (anglais), Dominique Fages (pages 53, 75, 87, 110, 111)

Édition : S.M. / Nina Métais pour la présente édition.

www.parascolaire.hachette-education.com

ISBN 978-2-01-714846-3

Mode d'emploi

Avec tous les corrigés détaillés, dans le livret DÉTACHABLE

Chaque séquence de ton Passeport comprend :

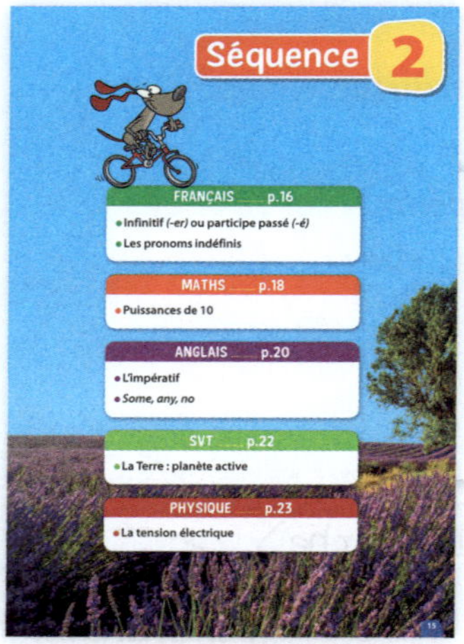

UNE PAGE D'OUVERTURE

qui présente :

- **un sommaire** de la séquence ;
- **les notions révisées** dans la séquence.

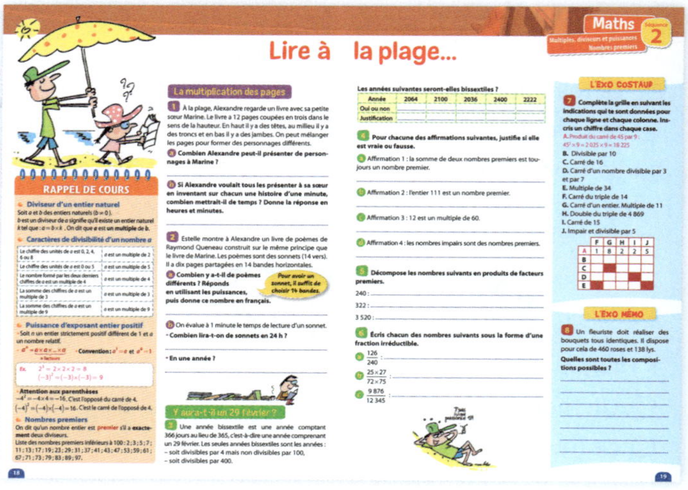

LES PAGES DE RÉVISION

avec, **pour chaque matière** :

- **un rappel de cours structuré,** illustré par de nombreux exemples ;
- **des exercices progressifs,** pour bien s'entraîner.

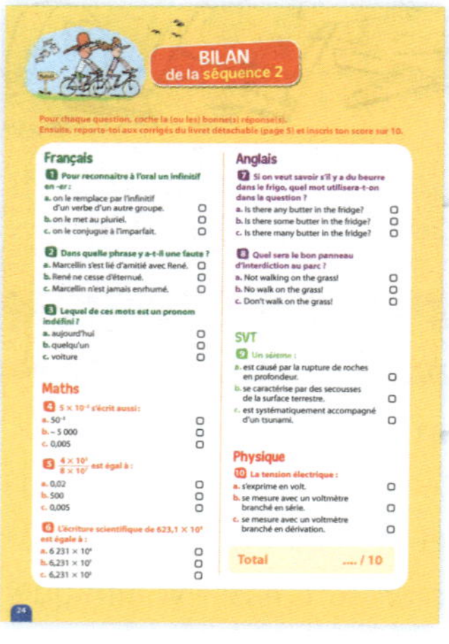

UN BILAN

proposant **10 QCM** pour vérifier que tu as bien retenu **l'essentiel** de la séquence.

Crédits photographiques :

Pages d'ouverture de séquences : pp. 5, 55 : dessin © Shutterstock/Ron Leishman, photo : © Shutterstock/Pakhnyushchy ; **pp. 15, 65 :** dessin © Shutterstock/Ron Leishman, photo © Shutterstock/Anton Gvozdikov ; **pp. 25, 77 :** dessin © Shutterstock/Ron Leishman, photo © Shutterstock/Kuznetcov_Konstantin ; **pp. 35, 89 :** dessin © Shutterstock/Ron Leishman, photo © Shutterstock/Pichugin Dmitry ; **pp. 45, 101 :** dessin © Shutterstock/Ron Leishman, photo © Shutterstock/Leon T.
Pages de leçons : p. 12 : de gauche à droite et de haut en bas © Everett Historical / shutterstock – Georgios Kollidas / shutterstock – Everett-Art / shutterstock – Georgios Kollidas / shutterstock – Everett-Art / shutterstock – Photothèque Hachette Livre – jorisvo / shutterstock ; **p. 13 :** © trekandshoot / shutterstock ; **p. 20 :** Earth © Stock.xchng ; **p. 21 :** neon sign © Rough & Ready Media – Stock.xchng ; **p. 32 :** © Cryber / shutterstock ; **p. 36 :** photo du film de François Dupeyron, © ARP/ Collection Christophe L ; **p. 46 :** carnet, © Stock.xchng ; **p. 50 :** teenagers © Shutterstock ; clothes a and c © Shutterstock ; © Fotolia.com ; top e © Shutterstock ; jeans b © Shutterstock ; jeans d © J. Kendrick – Stock.xchng ; **p. 52 :** La Gare Saint-Lazare, Claude Monet © Herbé Lewandowski/RMN (musée d'Orsay) ; **p. 53 :** ©photo-aérienne-France/P. Blot ; **p. 57 :** bonbons, © Stock.xchng ; **p. 60 :** scene from Avatar © Collection Christophe L ; **p. 72 :** surfers © R. Benali/Corbis ; Beverly sign © Stock. xchng ; **p. 75 :** Claudio Zaccherini / shutterstock ; **p. 78 :** une géocacheuse, © Kelly Funk/All Canada Photos/Corbis ; **p. 84 :** cosmonaut © Stocktrek/Corbis ; **p. 96 :** Bondi beach © G. Cozzi/Atlantide Phototravel/Corbis ; **p. 98 :** L'enlèvement des crucifix dans les écoles de la ville de Paris, le 20 fevrier 1881 © Archives Charmet / Bridgeman Images **; p. 99 :** © Yullia Mayorova / Shutterstock ; **p. 108 :** Simpsons © 20th Century Fox Film Corporation/Coll ; **p. 111 :** © sahua d / shutterstock.
Bandeaux en haut de page (sauf mention spécifique) : © Stock.xchng ; **p. 13** : © Lisa Kolbasa / shutterstock ; **pp. 18-19 :** © morgueFile ; **p. 22, p. 33 :** © Zorey ; **p. 32, p. 75** : © Stock.xpert ; **pp. 38-39 :** © Stock. xchng / Sharlene Jackson ; **p. 42 :** © Stock.xchng / Irina Svidovsly ; **pp. 46-47 :** © Stock.xchng/Lorenzo Logu ; **pp. 50-51 :** © F.Simf/ shutterstock ; **p. 53 :** © Miamiamia ; **pp. 58-59 :** © Racheal Grazias / shutterstock ; **p. 62** : © Stock.xpert / Daemys (2007) ; **p. 63 :** © Stock.xchng / Stefan Wogrin ; **p. 74** : © Stock.xpert / Marek Slusarczyk ; **pp. 80-81 :** © David Arts / shutterstock ; **pp. 82-83 :** © Alvaro Pantoja / shutterstock ; **p. 87 :** © Romolo Tavani / shutterstock ; **pp. 94-95 :** © Stock.xchng /James Stratton ; **p. 98 :** © Stock.xchng / Gary Scott ; **p. 99 :** © Lars Jensen ; **pp. 104-105 :** © Natursports_/ shutterstock ; **pp. 106-107 :** © Mimadeo / shutterstock ; **p. 110 :** © ladams / shutterstock ; **p. 111 :** © Fiat Design / shutterstock.

Séquence 1

Une scène

Devant un kiosque à musique, deux amoureux s'embrassent…

HECTOR, *confus.* Attention, on nous applaudit.

ÉVA, *éclate de rire.* Mais non, c'est l'orchestre ! Décidément vous me plaisez beaucoup.

HECTOR, *qui touche malgré lui ses moustaches et sa perruque.* Qu'est-ce qui vous plaît en moi ?

ÉVA. Tout. *Elle lui fait un petit bonjour.* Ne restons pas là, c'est dangereux. À ce soir, huit heures, au bar du Phœnix. Et surtout si vous me rencontrez avec ma tante, vous ne me reconnaissez pas.

HECTOR, *langoureux.* Votre main encore.

[…]

Il se penche sur sa main, mais tire subrepticement[1] *une loupe de bijoutier et en profite pour examiner les bagues de plus près. Éva a retiré sa main sans rien voir.*

ÉVA. À ce soir !

Elle s'éloigne.

HECTOR, *défaillant.* Mon amour... *Il redescend sur scène, rangeant son outil et murmurant très froid.* Deux cent mille. Ce n'est pas du toc.

À ce moment entre le crieur public avec son tambour. On s'est massé autour de lui. On l'écoute.

LE CRIEUR PUBLIC. Ville de Vichy. La municipalité, soucieuse de la sécurité et du bien-être des malades et des baigneurs, les met en garde et les informe : que nombre de plaintes ont été déposées par les estivants tant à la mairie qu'au commissariat central, place du Marché. Une dangereuse bande de pilpockets[2]... *Il a prononcé difficilement ce mot, la clarinette le souligne, il se détourne furieux.* Qu'une dangereuse bande de... *Il bute encore sur le mot, c'est la clarinette qui le joue...* est en ce moment dans nos murs. La police municipale est alertée... Tant en civil qu'en uniforme, les agents de la force publique veillent sur les estivants...

[…] *Pendant qu'il lisait, Hector lui a subtilisé son gros oignon*[3] *de cuivre et son gros porte-monnaie.*

Jean Anouilh,
Le Bal des voleurs, Éditions de la Table ronde, 1958.

---

1. *en cachette.* 2. *déformation du mot* pickpockets, *« voleurs ».*
3. *montre ancienne.*

Lecture et compréhension

1 Complète les phrases avec des mots du texte.

a. Dans les lignes 1 à 20, les mots ...., ... et .... appartiennent au thème de l'amour.

b. Hector demande la main d'Éva pour .... ses bijoux.

c. Hector .... la montre et le portefeuille du crieur public.

2 Trouve la fin de chaque phrase.

a. La méprise d'Hector ligne 1 fait sourire…

b. Hector porte une perruque…

c. Hector touche ses moustaches et sa perruque…

1. … car il ne veut pas qu'on puisse le reconnaître.

2. … car il ne croit pas qu'il puisse plaire ainsi accoutré.

3. … car elle révèle sa naïveté et sa prétention.

a. ...... **b.** ...... **c.** ......

d'amour ?

Vocabulaire

3 Complète le texte avec les mots suivants : ***quiproquo, aparté, didascalies, répliques, pièce.***

Ce texte est extrait d'une .... de théâtre. Les phrases en italique sont des .... : elles donnent des informations sur les gestes, les déplacements des acteurs ou le ton des .... Cette comédie commence sur un .... On comprend vite qu'Hector n'est pas amoureux : dans un ...., il révèle qu'il s'intéresse surtout au prix de la bague d'Éva.

Conjugaison – Grammaire

4 Souligne le sujet du verbe en gras.

a. Quelles intentions malhonnêtes **cache** ce jeune homme ?

b. Éva, ne voulant pas être vue avec Hector, le **quitte** rapidement.

5 Souligne le sujet du verbe à compléter. Puis conjugue ce verbe au présent de l'indicatif.

a. Devant le kiosque à musique se tien........ deux amoureux.

b. Les voleurs que recherch........ la police n'ont pas encore été identifiés.

c. Le crieur, ayant été ridiculisé par la clarinette, enrag........ .

6 À quel temps de l'indicatif sont conjugués ces verbes : présent (P), imparfait (I), futur (F) ou passé simple (PS) ?

a. il sait → ....
b. il dut → ....
c. il fit → ....
d. il vaudra → ....
e. il pourra → ....
f. il voulait → ....

7 Conjugue les verbes au temps indiqué entre parenthèses.

Lady Hurf .... **(faire, *imparfait*)** un séjour à Vichy avec ses nièces. Quand elle .... **(voir, *passé simple*)** Hector tourner autour de l'une d'elles, elle .... **(savoir, *passé simple*)** tout de suite qu'il était malintentionné. Elle .... **(pouvoir, *imparfait*)** le faire arrêter, mais elle .... **(vouloir, *passé simple*)** lui jouer un tour.

RAPPEL DE COURS

Les accords du sujet dans les cas complexes

Le sujet ne précède pas toujours immédiatement le verbe.

- Parfois, le sujet est placé après le verbe.

Ex. Tout autour de la ville s'étendaient des terres arides.

- Parfois, le verbe est séparé de son sujet par un ou plusieurs compléments.

Ex. La danseuse, sur scène depuis deux heures, charmait les spectateurs.

Certains verbes fréquents du 3e groupe

Leur radical varie selon les temps et les personnes.

	INDICATIF			
	présent	futur	imparfait	passé simple
Pouvoir	Il peut Nous pouvons	Il pourra	Il pouvait	Il put
Vouloir	Il veut Nous voulons	Il voudra	Il voulait	Il voulut
Devoir	Il doit Nous devons	Il devra	Il devait	Il dut
Valoir	Il vaut Nous valons	Il vaudra	Il valait	Il valut
Savoir	Il sait Nous savons	Il saura	Il savait	Il sut
Faire	Il fait Nous faisons	Il fera	Il faisait	Il fit

Haut

RAPPEL DE COURS

- Soit a, b, c, d et k des nombres relatifs.
- Les opérations s'entendent ici sur des nombres relatifs en écriture fractionnaire.

Quotients égaux

$\frac{a}{b} = \frac{ka}{kb}$ $(b \neq 0$ et $k \neq 0)$

Égalité des produits en croix

Si $\frac{a}{b} = \frac{c}{d}$ alors $a \times d = b \times c$

Si $a \times d = b \times c$ alors $\frac{a}{b} = \frac{c}{d}$ $(b \neq 0$ et $d \neq 0)$

Somme (ou différence)

- **1er cas : ils ont le même dénominateur**

$\frac{a}{b} + \frac{c}{b} = \frac{a+c}{b}$; $\frac{a}{b} - \frac{c}{b} = \frac{a-c}{b}$ $(b \neq 0)$

- **2e cas : ils ont des dénominateurs différents**

On écrit les nombres avec le même dénominateur, puis on applique le résultat précédent.

Produit

$\frac{a}{b} \times \frac{c}{d} = \frac{ac}{bd}$ $(b \neq 0$ et $d \neq 0)$

Inverse d'un nombre relatif non nul

L'inverse de $\frac{a}{b}$ est $\frac{b}{a}$. $(a \neq 0, b \neq 0)$

Quotient

$\frac{\frac{a}{b}}{\frac{c}{d}} = \frac{a}{b} \times \frac{d}{c}$ $(b \neq 0, c \neq 0$ et $d \neq 0)$

Quotients et opposés

$\frac{-a}{b} = \frac{a}{-b} = -\frac{a}{b}$; $\frac{-a}{-b} = \frac{a}{b}$ $(b \neq 0)$

À la pêche à pied...

1 Luc veut aller pêcher dans une petite crique et il décide de se renseigner sur les marées.
On convient d'appeler hauteur de la marée l'écart entre le niveau de la mer à marée basse et le niveau de la mer à marée haute. En France, la mer ne monte pas à vitesse constante pendant les six heures de la marée montante.
La mer monte de $\frac{1}{12}$ de la hauteur de la marée la première heure, de $\frac{1}{6}$ la deuxième heure, de $\frac{1}{4}$ la troisième heure, de $\frac{1}{4}$ la quatrième heure, de $\frac{1}{6}$ la cinquième heure. Elle descend dans les mêmes proportions à marée descendante.
Luc arrive à la crique à marée basse.

a **Au bout de deux heures, de quelle fraction de la hauteur de la marée la mer sera-t-elle montée ?**

....

b **Au bout de combien d'heures la mer sera-t-elle montée de la moitié de la hauteur de la marée ?**

....

c **De quelle fraction de la hauteur de la marée la mer monte-t-elle la sixième heure ?**

Représente la progression de la marée sur un segment de 12 cm de longueur.

....

2 **Complète le carré magique : la somme des nombres de chaque ligne, de chaque colonne, de chaque diagonale est la même.**

$\frac{10}{3}$	…	2
1	…	$\frac{11}{3}$
$\frac{8}{3}$	…	…

Cherche la constante du tableau.

3 **Effectue les opérations.**

a $A = 1 - \frac{1}{3} \times \frac{9}{8}$ ....

la marée !

> Sois attentif aux parenthèses.

b $B = \left(1 - \frac{1}{3}\right) \times \frac{9}{8}$ ....

c $C = \frac{2}{3} + \frac{1}{3} : \frac{8}{9}$ ....

d $D = \left(\frac{2}{3} + \frac{1}{3}\right) : \frac{8}{9}$ ....

Le goûter

4 **Complète le tableau de multiplication.**

> Pour trouver le nombre qui multiplié par $-\frac{3}{4}$ donne -1, calcule le quotient de -1 par $-\frac{3}{4}$.

$\times$	-6	$-\frac{3}{4}$	$\frac{1}{12}$	$\frac{9}{8}$
-2	…	…	…	…
$-\frac{3}{4}$	…	…	…	…
…	…	-1	…	…
…	…	…	…	$\frac{5}{24}$

....

5 **Examine attentivement l'opération suivante avant de l'effectuer.**

$A = 0{,}5 - \frac{1}{2} + 4 - \frac{1}{0{,}25} + 5 - \frac{1}{0{,}2} + 0{,}125 - \frac{1}{8} + 10 - \frac{1}{0{,}1}$

....

6 **Utilise le produit en croix pour répondre aux questions.**

a Calcule 7×654 et 6×763.

....

b Déduis-en une fraction égale à $\frac{6}{7}$, puis à $\frac{7}{763}$.

....

7 **Trouve le nombre relatif x tel que : $\frac{-\frac{1}{3}}{5} = \frac{4}{x}$.**

....

L'EXO COSTAUD

8 **Complète le carré magique.**

$\frac{1}{5}$	…	3	…
…	$\frac{7}{5}$	$\frac{13}{11}$	1
…	$\frac{11}{5}$	2	…
$\frac{13}{5}$	…	$\frac{3}{5}$	…

....

L'EXO MÉMO

9 Luc, Leïla, Marie et Camille se partagent une tablette de chocolat. Luc prend le tiers de la tablette et Leïla le quart. Marie prend les $\frac{2}{5}$ de ce qui reste après que Luc et Leïla se sont servis.

a **Sur le dessin représentant la tablette de chocolat, colorie de différentes couleurs la part de chacun.**

b **Lequel de ces calculs permet de trouver la part de Marie ?**

$A = 1 - \frac{1}{3} - \frac{1}{4} \times \frac{2}{5}$; $B = \left(1 - \frac{1}{3} - \frac{1}{4}\right) \times \frac{2}{5}$

$C = \left(1 - \frac{1}{3} - \frac{1}{4}\right) : \frac{2}{5}$; $D = 1 - \left(\frac{1}{3} - \frac{1}{4}\right) \times \frac{2}{5}$

c **Effectue le calcul choisi. Vérifie le résultat trouvé avec le dessin de la question a.**

....

d **Sachant que la tablette pèse 180 grammes, quelle est la part de chacun ?**

....

What are

Victor: "Hey, Amy, what **are** you do**ing**?"
Amy: "Hi Victor! **I'm** listen**ing** to music on my new MP3 player. **It's** great! **I've got** many play-lists and I also **use**[1] the random feature[2] so **I don't know** in advance what song is going to play, it**'s** a surprise each time!"
Victor: "That **sounds** good! What music **are** you listen**ing to** at the moment?"
Amy: "**Don't** you **know**? My favourite, of course: K-pop! BTS, Super M, Girls' Generation, BLACKPINK… stuff[3] like that! What music do *you* **usually** listen to?"
Victor: "Well, you know I **prefer** rock music, like Muse, Coldplay or Imagine Dragons... But I also **like** dark pop, like Billie Eilish, and I usually **listen** to electronic music as well[4], but mostly[5] on the radio."
Amy: "Yes, me too! Music **is** my favourite pastime, I **listen** to music every day. I **start** in the morning when I **get up** and I **don't stop** until I **go** to bed at night! Well, during the holidays at least..."
Victor: "Oh sorry, **I've got** to go, my Mum **is** call**ing** me, we**'re** hav**ing** dinner. I'll phone you later, ok? Bye."
Amy: "Ok, have a nice meal! Bye."

1. **use :** *utiliser.* 2. **random feature :** *lecture aléatoire.* 3. **stuff :** *des trucs.* 4. **as well :** *aussi.* 5. *surtout.*

Comprendre

1 Vrai ou faux ? Coche la bonne réponse.

	True	False
a. Two girls are chatting on the phone.	☐	☐
b. They are talking about games.	☐	☐
c. Music is what Amy prefers.	☐	☐
d. Victor doesn't like dark pop.	☐	☐
e. Amy's mother is calling her.	☐	☐
f. Victor must go to have dinner.	☐	☐
g. "Have a nice meal!" means *"bon appétit !"*	☐	☐

2 Complète chaque case du tableau avec un verbe du texte.

	Forme affirmative	Forme interrogative ou interro-négative
Présent simple	....	....
Présent *be + -ing*	....	....

Mots et expressions

Dire que l'on aime…

enjoy (+ V-ing) ☺
like (+ V-ing) ☺☺
be fond of (+ V-ing) ☺☺
love (+ V-ing) ☺☺☺
adore (+ V-ing) ☺☺☺
be crazy about ☺☺☺
être fou de
I enjoy listening to rap.
J'aime écouter du rap.

ou que l'on n'aime pas.

dislike (+ V-ing) ☹
hate (+ V-ing) ☹☹
I can't bear / I can't stand ☹☹☹
je ne supporte pas

Adverbes de fréquence

never *jamais* **sometimes** *parfois*
often *souvent* **usually** *d'habitude*
always *toujours* **now** *maintenant*
at the moment *en ce moment*

practise a musical instrument *jouer d'un instrument*
play the guitar *jouer de la guitare*

you listening to?

S'entraîner

3 Complète les phrases avec le verbe entre parenthèses au présent simple.

a. What kind of music (like – you) ....?

b. He (adore) .... pop-rock music but he also (enjoy) .... electro-pop and rap.

c. I (listen / not) .... to rap, I (hate) .... it! I (prefer) .... heavy metal.

d. They always (listen) .... to the same music: it (be) .... boring!

e. (like – she) .... R&B?

4 Complète les phrases avec le verbe entre parenthèses au présent *be* + *-ing*.

a. (listen – you) .... to Dua Lipa's new album?

No, I (listen) .... to her first one!

b. She (work / not) ...., she (play) .... the guitar.

c. (ride – he) .... his bike? No, he (practise) .... the piano.

5 Souligne l'élément qui te permet de déterminer quel présent utiliser (simple ou *be* + *-ing*).

a. Listen! They are practising their favourite tune (*morceau*)!

b. He doesn't have his guitar lesson on Tuesdays.

c. We listen to music on our smartphones every day.

d. I'm not listening to music now, my smartphone is dead.

6 Conjugue les verbes entre parenthèses au présent qui convient (simple ou *be* + *-ing*).

a. I (love) .... my guitar, it (be) .... really beautiful and (have) .... a fantastic sound!

b. Look! He (play) .... his recorder (*flûte à bec*) now, like in school!

RAPPEL DE COURS

Les deux présents

➤ Le présent simple

• On emploie le **présent simple** pour parler des **habitudes**, des **actions répétitives**, des **vérités générales**, des **états permanents**, des **goûts** et des **sentiments**.

• Formation : **base verbale** à toutes les personnes sauf à la 3e personne du singulier où l'on ajoute un **-s**.

> ***Ex.*** I sing / he sings
> I hurry up / he hurries up
> I go / he goes

• Aux formes négative et interrogative, on utilise l'auxiliaire ***do***. C'est l'auxiliaire qui prend la marque de la 3e personne.

> ***Ex.*** I do – you do – he does – she does…
> I **don't** know – he **doesn't** know –
> **Does** he speak English?

➤ Le présent *be* + *-ing*

• On emploie le **présent *be* + *-ing*** pour une **action en cours de déroulement** ou pour une **description**.

• Formation : ***be* au présent** suivi de la **base verbale + *-ing***.

> ***Ex.*** I **am** play**ing** the piano.
> *Je joue / suis en train de jouer du piano.*
> He **is** play**ing** the guitar.
> *Il joue / est en train de jouer de la guitare.*
> They **are** play**ing** the drums.
> *Ils jouent / sont en train de jouer de la batterie.*

• On utilise l'auxiliaire ***be*** aux formes négative et interrogative.

> ***Ex.*** You **aren't** singing – He **isn't** singing
> **Are** you singing? – **Is** he singing?

L'Europe des Lumières

RAPPEL DE COURS

Le XVIIIe siècle, un siècle de progrès scientifiques

Les progrès scientifiques gagnent toute l'Europe et particulièrement la France :
– les **mathématiques** (ex. : travaux de Clairaut sur les courbes) ;
– la **physique** (travaux sur l'électricité) ;
– les **sciences naturelles** (ex. : Buffon étudie la reproduction animale) ;
– la **médecine** (ex. : progrès de la chirurgie).

Les idées des Lumières

• Au XVIIIe siècle, des **philosophes** (Montesquieu, Voltaire, Rousseau, Diderot) et des **savants** (Condorcet) critiquent la monarchie absolue, c'est le mouvement des **Lumières**.

• Les penseurs des Lumières veulent limiter les pouvoirs du roi. Montesquieu demande ainsi la **séparation des trois pouvoirs** (exécutif, législatif, judiciaire) pour protéger les libertés individuelles.

• Bien que certains croient en Dieu, les philosophes **critiquent** aussi le **pouvoir de la religion sur la société**, lui préférant les sciences et leurs progrès.

• Ils écrivent pour la protection des libertés et plus d'égalité entre les hommes, mais ils sont nombreux à penser que l'égalité entre tous les hommes est un vœu illusoire.

La diffusion des idées des Lumières

• Les philosophes des Lumières rédigent l'***Encyclopédie*** sous la direction de Diderot et d'Alembert pour enrichir les connaissances et développer l'esprit critique des sujets du roi. Elle doit, selon ses auteurs, changer la vision du monde et faire découvrir les sciences.

• D'autres écrivains, restés inconnus, reprennent le message des Lumières.

• La diffusion des idées des Lumières se fait aussi dans les **académies littéraires**, les cafés, les chambres de lectures et les salons fréquentés par les nobles et les riches bourgeois, qui y lisent des livres, des journaux et y confrontent leurs idées.

1 Parmi les personnages ci-dessous, entoure ceux qui appartiennent au mouvement des Lumières.

Montesquieu

Rousseau

Louis XVI

Voltaire

Louis XIV

Diderot

2 Lis le texte ci-dessous et réponds aux questions.

« Lorsque dans la même personne [...], la puissance législative est réunie à la puissance exécutrice, il n'y a point de liberté [...]. Il n'y a point encore de liberté si la puissance de juger n'est pas séparée de la puissance législative et de l'exécutrice. [...] »

Montesquieu, *De l'esprit des lois*, 1748.

a. Que défend Montesquieu dans ce texte ?

....

b. Que condamne-t-il donc ?

....

3

Lecture d'un texte de Voltaire dans le salon de Madame Geoffrin, à Paris, en 1775.

a. Qui fréquentait le type de salon représenté dans ce tableau ?

....

b. Que faisaient les invités dans ces salons ?

....

....

Les métropoles mondiales

1

Los Angeles, États-Unis.

a. Quel quartier de Los Angeles vois-tu sur la photographie ?

....

b. Qui occupe les immeubles de ce quartier ?

....

2

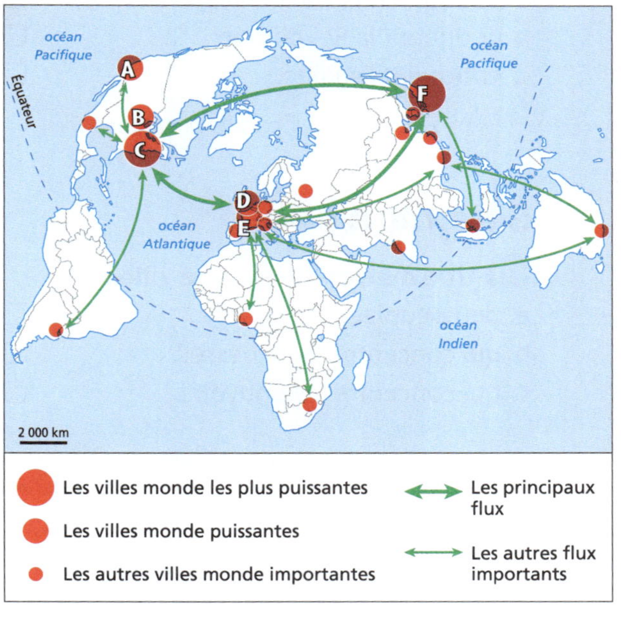

a. Donne le nom des villes de A à F.

A .... B .... C ....

D .... E .... F ....

b. Quelles sont les quatre métropoles mondiales qui échangent le plus ?

....

RAPPEL DE COURS

Des villes puissantes

• **Plus de la moitié de la population mondiale habite aujourd'hui en ville.** Certaines villes sont devenues des **mégapoles** (villes de plus de 15 millions d'habitants). Elles se multiplient en Afrique et surtout en Asie, continents marqués par une « explosion urbaine ».

• Les **métropoles** concentrent non seulement la **population**, mais aussi les **richesses** et les **pouvoirs** : politique (les bâtiments pour les chefs d'État, le gouvernement, etc.), économique (le quartier des affaires) et culturel (les musées et les lieux de spectacle les plus prestigieux).

Des villes au cœur des échanges mondiaux

• La **mondialisation des échanges** (multiplication des flux de marchandises, de capitaux et de personnes) entre les pays se fait pour l'essentiel entre les **métropoles des États les plus puissants** : États-Unis (New York, Chicago, Los Angeles), Japon (Tokyo), Royaume-Uni (Londres) ou France (Paris).

• Le **quartier des affaires**, situé le plus souvent dans le centre de ces **villes monde**, concentre l'activité économique : les bureaux des entreprises transnationales, les banques, les places boursières, les grands centres commerciaux.

Certaines métropoles sont en crise

• Certaines villes qui étaient autrefois des métropoles mondiales sont désormais en **crise**. Cela se manifeste par le déclin de leurs activités économiques et de la production de richesses.

• Les **bâtiments industriels abandonnés** s'y sont multipliés. Les quartiers où logeaient les populations ouvrières touchées par le chômage ont été peu à peu vidés de leurs habitants et se sont dégradés.

BILAN de la séquence 1

Pour chaque question, coche la (ou les) bonne(s) réponse(s).
Ensuite, reporte-toi aux corrigés du livret détachable (page 3) et inscris ton score sur 10.

Français

1 Au théâtre, un quiproquo est :
- **a.** un personnage comique. ☐
- **b.** un malentendu. ☐
- **c.** une scène très courte. ☐

2 Quelle est la phrase sans faute ?
- **a.** Les bijoux qu'examine Hector valent très cher. ☐
- **b.** Les bijoux qu'examinent Hector valent très cher. ☐
- **c.** Les bijoux qu'examinent Hector vaut très cher. ☐

3 Dans la phrase « *Hector voulut voler la bague.* », le verbe *vouloir* est :
- **a.** au passé simple. ☐
- **b.** au futur. ☐
- **c.** à l'imparfait. ☐

Maths

4 $1 - \frac{3}{2} \times \frac{2}{9}$ **est égal à :**

a. $\frac{2}{3}$ ☐ **b.** $-\frac{1}{9}$ ☐ **c.** $-\frac{5}{18}$ ☐

5 $(1 - \frac{3}{2}) \times \frac{2}{9}$ **est égal à :**

a. $\frac{2}{3}$ ☐ **b.** $-\frac{1}{9}$ ☐ **c.** $-\frac{5}{18}$ ☐

6 À quelle autre expression le nombre $\frac{7}{3} - \frac{4}{3} : \frac{5}{2}$ **est-il égal ?**

a. $\frac{2}{5}$ ☐ **b.** $\frac{5}{2}$ ☐ **c.** $\frac{9}{5}$ ☐

Anglais

7 La phrase correcte est :
- **a.** I'm going to school by bus always. ☐
- **b.** I always go to school by bus. ☐
- **c.** I always going to school by bus. ☐

8 Coche la négation correcte.
- **a.** He don't play the guitar. ☐
- **b.** He doesn't plays the guitar. ☐
- **c.** He doesn't play the guitar. ☐

Histoire

9 Les philosophes des Lumières :
- **a.** critiquent la monarchie. ☐
- **b.** critiquent la Révolution. ☐
- **c.** critiquent l'égalité. ☐

Géographie

10 Une métropole est une ville :
- **a.** peu peuplée. ☐
- **b.** qui concentre les richesses. ☐
- **c.** qui concentre les pouvoirs. ☐

Total .... / 10

Séquence 2

Questionnaire

L'écrivain Marcel Proust (1871-1922) découvre, alors qu'il était adolescent, un questionnaire anglais à la mode à la fin du XIXe siècle appelé Confessions. *Il le traduira et y répondra plusieurs fois, le rendant ainsi célèbre. Ce questionnaire a d'ailleurs été souvent repris et modifié depuis. En voici de larges extraits :*

1. Le principal trait de mon caractère ?
2. Ce que j'apprécie le plus chez mes amis ?
3. Mon principal défaut ?
4. Mon occupation préférée ?
5. Mon rêve de bonheur ?
6. Quel serait mon plus grand malheur ?
7. Ce que je voudrais être ?
8. Le pays où je désirerais vivre ?
9. La couleur que je préfère ?
10. La fleur que j'aime ?
11. L'oiseau que je préfère ?
12. Mes auteurs favoris en prose ?
13. Mes héros dans la fiction ?
14. Mes compositeurs préférés ?
15. Mes peintres favoris ?
16. Mes héros dans la vie réelle ?
17. Ce que je déteste par-dessus tout ?
18. Le don de la nature que je voudrais avoir ?
19. État présent de mon esprit ?
20. Ma devise ?

Lecture et compréhension

1 Voici quelques-unes des réponses de Proust. Entoure le numéro de la phrase correspondante.

a. « *Aimer.* » → **phrase n° 3 ou n° 4 ?**

b. « *Ne pas avoir connu ma mère ni ma grand-mère.* » → **phrase n° 6 ou n° 17 ?**

c. « *Moi, comme les gens que j'admire me voudraient.* » → **phrase n° 7 ou n° 16 ?**

d. « *Ce qu'il y a de mal en moi.* » → **phrase n° 2 ou n° 17 ?**

2 À ton tour, écris sur une feuille les réponses que tu ferais.

Vocabulaire

3 Parmi ces traits de caractère, relie les couples d'antonymes.

vaillant •	• modeste
généreux •	• avare
sincère •	• peureux
vaniteux •	• hypocrite

de Proust

4 **Transforme ces adjectifs en noms en modifiant leur suffixe.**

a. bienveillant → la ....
b. dévoué → le ....
c. généreux → la ....
d. naïf → la ....
e. mesquin → la ....
f. fourbe → la ....
g. téméraire → la ....
h. loyal → la ....

Orthographe

5 **Complète les pointillés si nécessaire.**

a. Proust n'était attaché à nul...... autre personne autant qu'à sa mère.

b. Quel...... que fussent les circonstances, il lui écrivait souvent plusieurs fois par jour.

c. Une de ses crises d'asthme a été tel...... que Proust a failli mourir à neuf ans.

d. Ses phrases se développent sur des dizaines de lignes, tel...... un tapis rouge que l'on déroule.

Grammaire

6 **Analyse la fonction des mots en gras : épithète ou complément du nom ?**

a. Le principal trait **de mon caractère**.
→ ....

b. Mon occupation **préférée**.
→ ....

c. Mon rêve **de bonheur**.
→ ....

d. État **présent** de mon esprit.
→ ....

RAPPEL DE COURS

Orthographe de *nul*, *quel* et *tel*

• Que ces mots soient adjectifs ou déterminants, ils **s'accordent toujours avec le nom** auquel ils se rapportent.

Ex. Nul : Il n'a **nulle** part où aller.
Quel : **Quelle** merveille ! Tel : **Tel** père, **telle** fille.

• Quand ***tel*** est **adjectif** et entre dans une **comparaison**, il peut s'accorder aussi bien avec le comparé qu'avec le comparant.

Ex. Ce conseil résonne **tel/telle** une menace.

Les épithètes et les compléments du nom

• Les **expansions du nom** regroupent des éléments qui **apportent une information** supplémentaire à un nom. On peut les **supprimer**.

• Ces expansions ont différentes **fonctions** :
– Les **épithètes** sont des adjectifs (ou groupes adjectivaux) placés avant ou après le nom qu'ils qualifient.

Ex. Un **célèbre** écrivain ; un écrivain **récompensé par le Prix Goncourt**.

– Les **compléments du nom** sont des groupes nominaux écrits après le nom qu'ils qualifient et introduits par une préposition (*à*, *de*, etc.).

Ex. Un écrivain **du XXe siècle**.

• Ces expansions peuvent **se combiner** entre elles.

Ex. Proust est un **célèbre** écrivain **du XXe siècle récompensé par le Prix Goncourt**.

7 **Souligne les épithètes (en bleu) et les compléments du nom (en rouge) qui caractérisent les mots en gras.**

L'épisode le plus célèbre de l'**œuvre** de Proust, intitulée *À la recherche du temps perdu*, est celui de la madeleine. Un jour, contrairement à son habitude, le narrateur goûte une **madeleine** trempée dans une **cuillère** de thé chez sa mère. Cette **saveur** oubliée fait resurgir à sa mémoire tous ses **souvenirs** d'enfance.

Lire à

RAPPEL DE COURS

Diviseur d'un entier naturel

Soit a et b des entiers naturels ($b \neq 0$).
b est un diviseur de a signifie qu'il existe un entier naturel k tel que : $a = b \times k$. On dit que a est **un multiple** de b.

Caractères de divisibilité d'un nombre a

Le chiffre des unités de a est 0, 2, 4, 6 ou 8	a est un multiple de 2
Le chiffre des unités de a est 0 ou 5	a est un multiple de 5
Le nombre formé par les deux derniers chiffres de a est un multiple de 4	a est un multiple de 4
La somme des chiffres de a est un multiple de 3	a est un multiple de 3
La somme des chiffres de a est un multiple de 9	a est un multiple de 9

Puissance d'exposant entier positif

- Soit n un entier strictement positif différent de 1 et a un nombre relatif.
- $a^n = \underbrace{a \times a \times \ldots \times a}_{n \text{ facteurs}}$ • **Convention :** $a^1 = a$ et $a^0 = 1$

Ex. $2^3 = 2 \times 2 \times 2 = 8$
$(-3)^2 = (-3) \times (-3) = 9$

- **Attention aux parenthèses**

$-4^2 = -4 \times 4 = -16$. C'est l'opposé du carré de 4.
$(-4)^2 = (-4) \times (-4) = 16$. C'est le carré de l'opposé de 4.

Nombres premiers

On dit qu'un nombre entier est **premier** s'il a **exactement** deux diviseurs.
Liste des nombres premiers inférieurs à 100 : 2 ; 3 ; 5 ; 7 ; 11 ; 13 ; 17 ; 19 ; 23 ; 29 ; 31 ; 37 ; 41 ; 43 ; 47 ; 53 ; 59 ; 61 ; 67 ; 71 ; 73 ; 79 ; 83 ; 89 ; 97.

La multiplication des pages

1 À la plage, Alexandre regarde un livre avec sa petite sœur Marine. Le livre a 12 pages coupées en trois dans le sens de la hauteur. En haut il y a des têtes, au milieu il y a des troncs et en bas il y a des jambes. On peut mélanger les pages pour former des personnages différents.

a **Combien Alexandre peut-il présenter de personnages à Marine ?**

....

b **Si Alexandre voulait tous les présenter à sa sœur en inventant sur chacun une histoire d'une minute, combien mettrait-il de temps ? Donne la réponse en heures et minutes.**

....

2 Estelle montre à Alexandre un livre de poèmes de Raymond Queneau construit sur le même principe que le livre de Marine. Les poèmes sont des sonnets (14 vers). Il a dix pages partagées en 14 bandes horizontales.

a **Combien y a-t-il de poèmes différents ? Réponds en utilisant les puissances, puis donne ce nombre en français.**

Pour avoir un sonnet, il suffit de choisir 14 bandes.

....

b On évalue à 1 minute le temps de lecture d'un sonnet.

- **Combien lira-t-on de sonnets en 24 h ?**

....

- **En une année ?**

....

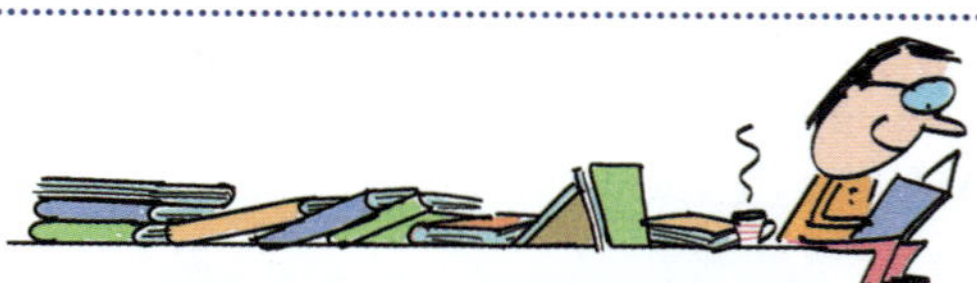

Y aura-t-il un 29 février ?

3 Une année bissextile est une année comptant 366 jours au lieu de 365, c'est-à-dire une année comprenant un 29 février. Les seules années bissextiles sont les années :
– soit divisibles par 4 mais non divisibles par 100,
– soit divisibles par 400.

la plage...

Les années suivantes seront-elles bissextiles ?

Année	2064	2100	2036	2400	2222
Oui ou non	....	....	....	....	....
Justification	....	....	....	....	....

4 **Pour chacune des affirmations suivantes, justifie si elle est vraie ou fausse.**

a) Affirmation 1 : la somme de deux nombres premiers est toujours un nombre premier.

....

b) Affirmation 2 : l'entier 111 est un nombre premier.

....

c) Affirmation 3 : 12 est un multiple de 60.

....

d) Affirmation 4 : les nombres impairs sont des nombres premiers.

....

5 **Décompose les nombres suivants en produits de facteurs premiers.**

240 : ....

322 : ....

3 520 : ....

6 **Écris chacun des nombres suivants sous la forme d'une fraction irréductible.**

a) $\frac{126}{240}$: ....

b) $\frac{25 \times 27}{72 \times 75}$: ....

c) $\frac{9\,876}{12\,345}$: ....

L'EXO COSTAUD

7 **Complète la grille en suivant les indications qui te sont données pour chaque ligne et chaque colonne. Inscris un chiffre dans chaque case.**

A. Produit du carré de 45 par 9 :
$45^2 \times 9 = 2\,025 \times 9 = 18\,225$

B. Divisible par 10

C. Carré de 16

D. Carré d'un nombre divisible par 3 et par 7

E. Multiple de 34

F. Carré du triple de 14

G. Carré d'un entier. Multiple de 11

H. Double du triple de 4 869

I. Carré de 15

J. Impair et divisible par 5

	F	G	H	I	J
A	1	8	2	2	5
B					
C					
D					
E					

L'EXO MÉMO

8 Un fleuriste doit réaliser des bouquets tous identiques. Il dispose pour cela de 460 roses et 138 lys.

Quelles sont toutes les compositions possibles ?

....

....

....

....

....

....

....

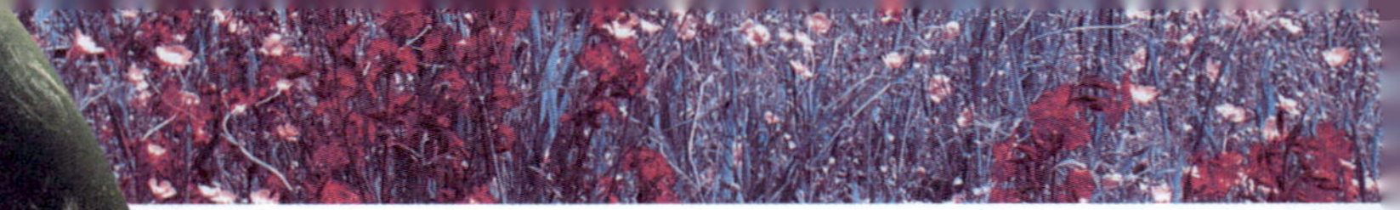

Take care of

Our planet is in a bad way[1]*: we must preserve our environment! So:*

- **Don't throw** rubbish just anywhere: **use** a dustbin!
- **Recycle** paper, cans and bottles, **don't throw** them **away**!
- **Don't use** your car, **walk** or **cycle** if you can!
- **Don't waste** water; **don't leave** the tap **open** when you're brushing your teeth!
- **Don't leave** lights or electronic appliances **on** at night: **turn** them **off**!
- **Eat** fewer[2] animal products and more plant-based food!
- **Think** about what you can do to help!

Some people are careful, but some don't care at all[3] so **nothing** is done. Do **any** of your friends preserve the Earth? If **nobody** does, **try** and convince them[4] to help, it really makes a difference!

1. **in a bad way :** *en mauvais état.* 2. **fewer :** *moins de.* 3. **some don't care at all :** *certains n'en ont rien à faire.* 4. **try and convince them :** *essayez de les convaincre.*

Comprendre

1 Relie les mots suivants à leur traduction.

a. waste	1. appareils
b. throw away	2. laisser ouvert
c. cycle	3. laisser allumé
d. leave open	4. éteindre
e. leave on	5. gaspiller
f. appliances	6. jeter (à la poubelle)
g. turn off	7. faire du vélo

2 Vrai ou faux ? Coche la bonne réponse.

	True	False
a. Planet Earth is fine.	☐	☐
b. Bottles can be recycled.	☐	☐
c. Eating meat every day is OK.	☐	☐
d. We must stop brushing our teeth.	☐	☐
e. We can leave lights on at night.	☐	☐
f. Everybody cares about the environment.	☐	☐

Mots et expressions

L'environnement

rubbish, litter, garbage (GB) = trash (US) *déchets, ordures*
dustbin (GB) = trashcan (US) *poubelle*
rubbish dump *décharge publique*
nuclear waste *déchets nucléaires*
waste *gaspiller*
global warming *réchauffement de l'atmosphère*
the greenhouse effect *l'effet de serre*
pick up litter *ramasser des ordures*

the Earth!

S'entraîner

3 Donne des ordres avec les éléments suivants.

a. (litter/not) ....!

b. (clean) the beach ....!

c. (recycle) your bottles ....!

d. (throw/not) rubbish ....!

e. (eat) less meat ....!

4 Propose les activités suivantes à tes amis (à la 1re personne du pluriel).

a. (cycle) instead of using the car ....

....!

b. (turn off) the tap when we brush our teeth ....

....!

c. (pick up) the litter on our street ....

....!

5 Complète ces phrases avec *some*, *any* ou *no* ou un de leurs composés.

a. Come and help me pick up .... litter.

b. There isn't .... litter on the beach.

c. There is .... (*zéro*) pollution here!

d. I'm not doing .... today.

e. I saw .... I know.

6 Traduis ces phrases.

a. Il y a de la pollution dans la mer.

....

b. As-tu des sacs poubelle (*bin liners*) ?

....

c. Il n'y a pas d'ordures ici.

....

RAPPEL DE COURS

L'impératif

• Impératif à la 2e personne = **base verbale** !

Ex. Listen! *Écoute / écoutez !*
Clean the beach! *Nettoie / nettoyez la plage !*

• Impératif négatif = interdiction : ***don't*** + **base verbale** !

Ex. Don't litter! *Ne jetez pas d'ordures !*

• Impératif à la 1re personne du pluriel : ***let's (let us)*** + **base verbale** !

Ex. Let's pick up the litter! *Ramassons les ordures !*

Some – Any – No

Some, ***any*** et ***no*** indiquent « une certaine quantité de » ou « un certain nombre de ». C'est l'équivalent des articles **du**, **de la**, **des**.

• On emploie ***some*** dans les affirmations ou pour proposer / demander quelque chose dont on est **sûr**.

Ex. I have **some** biscuits in the kitchen.
J'ai des biscuits dans la cuisine.
Would you like **some** tea? *Voulez-vous du thé ?*

• On emploie ***any*** dans les questions, si on n'est pas sûr qu'il y ait « une certaine quantité, un certain nombre de ».

Ex. Have you got **any** orange juice?
Avez-vous du jus d'orange ?
Is there **any** toast? *Est-ce qu'il y a du pain grillé ?*

• On emploie ***no*** (ou ***not... any***) dans les négations.

Ex. There is **no** milk left = There is**n't any** milk left.
Il n'y a plus de lait.

Les composés de *some*, *any* et *no*

somebody / someone *quelqu'un*
somewhere *quelque part*
something *quelque chose*

anybody *(dans question) quelqu'un*
(dans négation) personne
anywhere *(question) quelque part*
(négation) nulle part
anything *(question) quelque chose*
(négation) rien

nobody *personne*
nowhere *nulle part*
nothing *rien*

La Terre : planète active

RAPPEL DE COURS

Séismes et volcans

• L'activité interne de la Terre se manifeste par des **séismes** qui ont pour origine une rupture de roches suivie d'une libération d'énergie sous formes d'ondes sismiques.

• Elle se manifeste également par des **éruptions volcaniques** (**effusives** et **explosives**) qui ont pour origine une remontée de magma.

La Terre : un puzzle de plaques

• La répartition similaire des séismes et des manifestations volcaniques à la surface du globe permet de délimiter une douzaine de plaques dont les limites sont les zones actives du globe.

• L'étude de la propagation des ondes sismiques a permis de définir les plaques en profondeur. Épaisses d'une centaine de kilomètres, les plaques sont formées par la **lithosphère** rigide et reposent sur l'**asthénosphère**, moins rigide.

Des plaques en mouvement

• Les plaques se déplacent les unes par rapport aux autres sur l'asthénosphère : certaines **s'écartent**, d'autres **se rapprochent** ou **coulissent**.

• Les mouvements des plaques sont liés à des mouvements de matière en profondeur (**dynamique interne**).

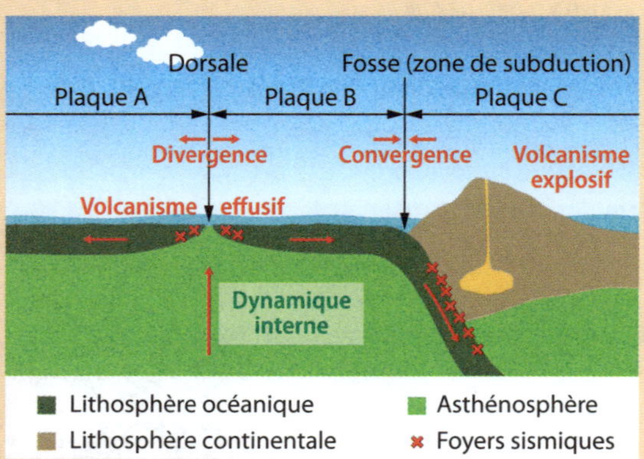

La dynamique interne du globe à l'origine des mouvements des plaques en surface.

1

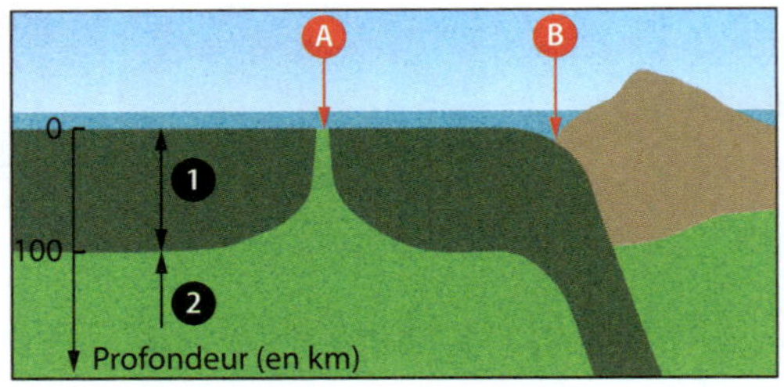

a. **Sur le schéma ci-dessus, trace un trait vertical au niveau de chaque limite de plaques.**

b. **Déduis-en le nombre de plaques représentées.**

....

c. **Nomme les deux enveloppes superposées, numérotées 1 et 2.**

....

d. **Comment s'appellent les reliefs, repérés par A et B ?**

....

e. **À l'aide de flèches, indique le déplacement des plaques représentées sur le schéma.**

2 **Entoure les affirmations vraies.**

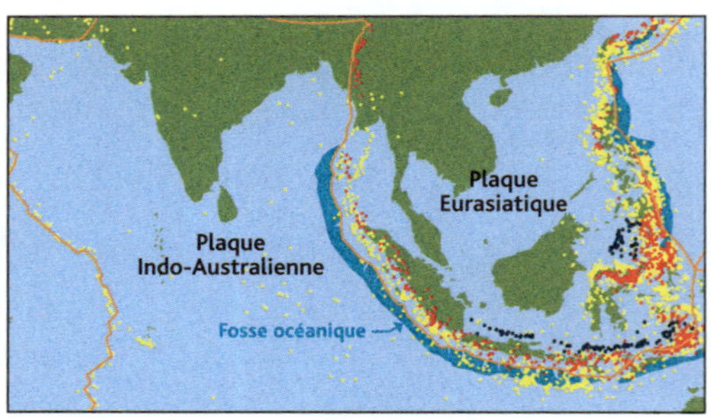

foyer peu profond
foyer profond
foyer très profond

Une frontière de plaques en Indonésie.

a. On peut affirmer qu'il s'agit d'une frontière entre deux plaques du fait des nombreux séismes représentés.

b. Les plaques indo-australienne et eurasiatique convergent.

c. La plaque indo-australienne est constituée uniquement de l'Inde.

d. Les séismes sont de plus en plus profonds quand on s'éloigne de la fosse océanique, sous la plaque eurasiatique.

La tension électrique

1 **a. Place un voltmètre sur le schéma afin de mesurer la tension aux bornes du moteur.**

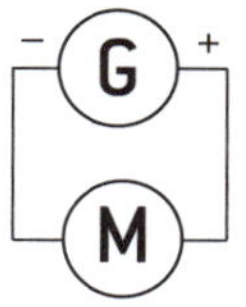

b. Indique le nom des bornes du voltmètre.

2 **Complète les phrases ci-dessous.**

a. L'unité de la tension est le ....

b. La tension se mesure avec un ....

c. Le voltmètre se branche en ....

d. La tension aux bornes d'un fil est ....

3 On mesure les tensions dans le circuit ci-dessous.

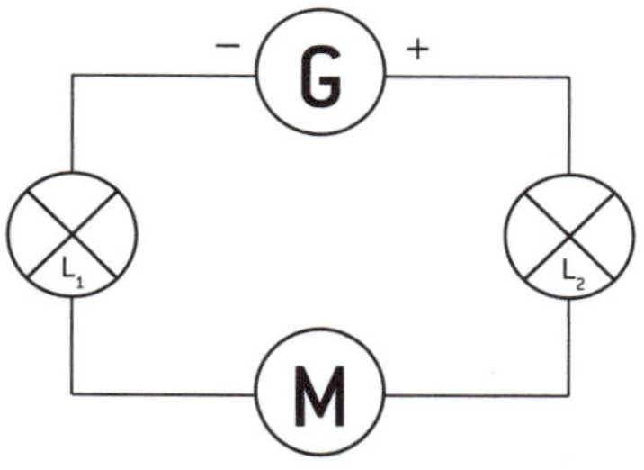

$U_G = 9$ V
$U_{L_1} = 2$ V
$U_{L_2} = 2$ V

a. Entoure la bonne affirmation.

C'est un circuit *série – avec dérivations.*

On applique la loi *d'unicité – d'additivité* des tensions.

b. Calcule la tension aux bornes du moteur.

....

....

....

4 Dans le circuit ci-dessous, chaque lampe reçoit une tension de 6 volts.

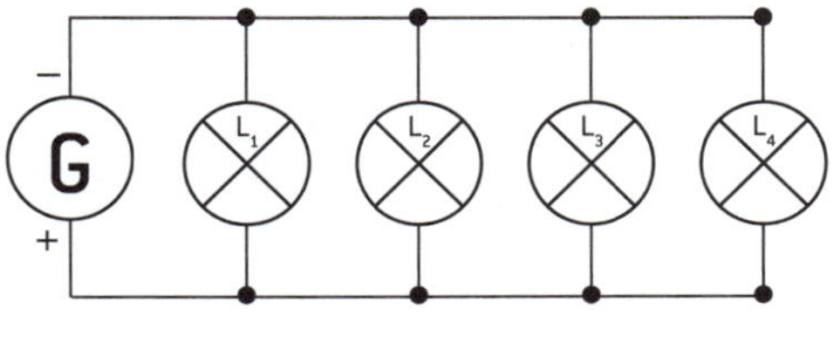

RAPPEL DE COURS

Mesure

• La **tension électrique U**, s'exprime en **volt (V)** et se mesure avec un **voltmètre**.

• Le voltmètre se branche **en dérivation** (bornes COM et V) sur le dipôle à étudier.

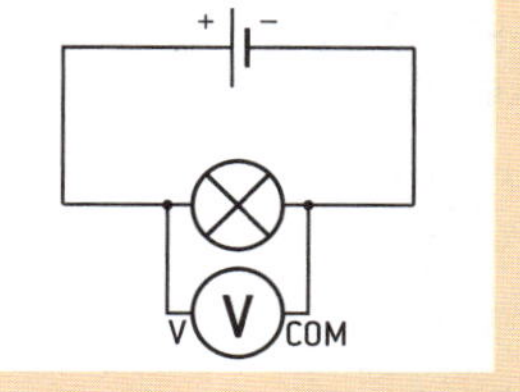

• La tension aux bornes d'un fil de connexion est toujours nulle. Il existe toujours une tension aux bornes d'un générateur. La tension aux bornes d'un interrupteur est nulle en circuit fermé.

Les lois de la tension

• **Loi** d'additivité des tensions

En circuit série, la tension aux bornes du générateur est égale à la somme des tensions aux bornes des autres dipôles.

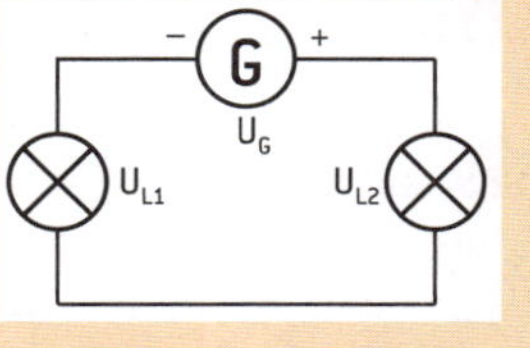

$$U_G = UL_1 + UL_2$$

• **Loi** d'unicité des tensions

La tension aux bornes de dipôles montés en dérivation est la même.

$$U_G = U_{L1} = U_{L2}$$

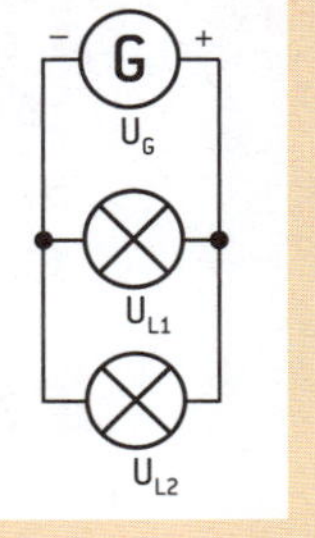

Calcule la tension fournie par le générateur. Justifie ta réponse.

....

BILAN de la séquence 2

**Pour chaque question, coche la (ou les) bonne(s) réponse(s).
Ensuite, reporte-toi aux corrigés du livret détachable (page 5) et inscris ton score sur 10.**

Français

1 L'antonyme d'« hypocrite » est :
- **a.** vaillant. ☐
- **b.** menteur. ☐
- **c.** sincère. ☐

2 Les compléments du nom et les épithètes qualifient :
- **a.** un adjectif. ☐
- **b.** un verbe. ☐
- **c.** un nom. ☐

3 Dans quelle phrase le groupe souligné est-il complément du nom ?
- **a.** Enfant, Proust passait ses vacances <u>chez sa grand-tante</u>. ☐
- **b.** Puis il les passa <u>à Cabourg</u>. ☐
- **c.** Il aimait sa chambre <u>d'hôtel</u> avec vue sur la mer. ☐

Maths

4 $\sqrt{25}$ est égal à :
- **a.** 625 ☐
- **b.** 25 ☐
- **c.** 5 ☐

5 $\left(\sqrt{6}\right)^2$ est égal à :
- **a.** 36 ☐
- **b.** 6 ☐
- **c.** 12 ☐

6 246 003 201 714 est divisible par :
- **a.** 4 ☐
- **b.** 9 ☐
- **c.** 3 ☐

Anglais

7 Si on veut savoir s'il y a du beurre dans le frigo, quel mot utilisera-t-on dans la question ?
- **a.** Is there any butter in the fridge? ☐
- **b.** Is there some butter in the fridge? ☐
- **c.** Is there many butter in the fridge? ☐

8 Quel sera le bon panneau d'interdiction au parc ?
- **a.** Not walking on the grass! ☐
- **b.** No walk on the grass! ☐
- **c.** Don't walk on the grass! ☐

SVT

9 Un séisme :
- **a.** est causé par la rupture de roches en profondeur. ☐
- **b.** se caractérise par des secousses de la surface terrestre. ☐
- **c.** est systématiquement accompagné d'un tsunami. ☐

Physique

10 La tension électrique :
- **a.** s'exprime en volt. ☐
- **b.** se mesure avec un voltmètre branché en série. ☐
- **c.** se mesure avec un voltmètre branché en dérivation. ☐

Total .... / 10

Séquence 3

En habit

Il va sûrement se marier aujourd'hui.

Ce devait être pour hier. En habit de gala, il était prêt. Il n'attendait que sa fiancée. Elle n'est pas venue. Elle ne peut tarder.

Glorieux, il se promène avec une allure de prince indien et porte sur lui les riches présents d'usage. L'amour avive l'éclat de ses couleurs et son aigrette[1] tremble comme une lyre[2].

La fiancée n'arrive pas.

Il monte au haut du toit et regarde du côté du soleil. Il jette son cri diabolique :

Léon ! Léon !

C'est ainsi qu'il appelle sa fiancée. Il ne voit rien venir et personne ne répond. Les volailles habituées ne lèvent même point la tête. Elles sont lasses de l'admirer. Il redescend dans la cour, si sûr d'être beau qu'il est incapable de rancune.

Son mariage sera pour demain.

Et, ne sachant que faire du reste de la journée, il se dirige vers le perron. Il gravit les marches, comme des marches de temple, d'un pas officiel.

Il relève sa robe à queue toute lourde des yeux qui n'ont pu se détacher d'elle.

Il répète encore une fois la cérémonie.

Jules Renard,
Histoires naturelles, 1896.

---

1. *ensemble de plumes dressées sur la tête de certains oiseaux.* 2. *instrument de musique à cordes.*

Lecture et compréhension

1 Souligne, dans le texte, les passages qui prouvent que les affirmations suivantes sont fausses.

a. Les couleurs de ce paon sont ternes.

b. Ce paon fait l'admiration de la bassecour.

c. Ce paon est modeste.

d. Ce paon ne fait jamais la roue.

2 Qu'est-ce que « *les riches présents d'usage* » ?

☐ Les cadeaux qu'on offre habituellement aux mariés.

☐ Les personnes riches présentes habituellement aux mariages.

3 Que désignent les « *yeux* » à la ligne 22 ?

☐ Ceux des admirateurs du paon qui ne le quittent pas du regard.

☐ De façon imagée, les taches rondes (les ocelles) sur les plumes du paon.

Vocabulaire

4 Complète ces comparaisons avec les mots suivants : *un pinson, un agneau, un coq, une pie*.

a. être doux comme ....

b. être vaniteux comme ....

c. être gai comme ....

d. être bavard comme ....

5 Cite trois homophones du nom *cour* correspondant aux définitions.

a. Les élèves aimeraient parfois qu'il soit moins long : le ....

b. Ce qu'ils font quand ils prennent leurs jambes à leur cou : ils ....

c. On y joue la balle de match : sur le ....

de marié

Orthographe

6 **Entoure le mot en gras qui convient.**

Jules Renard est né en 1864 **prêt / près** de Laval, en Mayenne. Il est connu pour son roman *Poil de carotte* **plus tôt / plutôt** que pour *L'Écornifleur* mais il a aussi écrit des pièces de théâtre qui ont été montées **sûr / sur** des scènes parisiennes. Les spectateurs étaient **sûrs / sur** d'y retrouver son humour spirituel. Son *Journal* est publié en 1925. Renard était mort quelques années **plus tôt / plutôt**, en 1910. Aujourd'hui, on connaît surtout son célèbre héros Poil de carotte, un garçon **prêt / près** à tout pour fuir les brimades de sa mère.

Grammaire

7 **Précise si le verbe en gras est employé sans complément, avec un COD ou avec un COI.**

a. La fiancée n'**arrive** pas.

→ ....

b. Le paon n'**arrive** pas à se marier.

→ ....

c. Les yeux de la queue n'ont pu **se détacher** d'elle.

→ ....

d. Chloé a **détaché** son pantalon.

→ ....

8 **Dans ce texte de Jules Renard, entoure de couleurs différentes deux verbes employés sans complément, deux verbes construits avec un COD et un verbe construit avec un COI.**

Chauves-souris

Le soleil couché, quand nous prenons le frais, elles se décollent des vieilles poutres où, léthargiques, elles pendaient d'une griffe.

Leur vol gauche nous inquiète. D'une aile baleinée et sans plumes, elles palpitent autour de nous.

RAPPEL DE COURS

Quelques homophones

• Des homophones sont des mots qui **se prononcent** – et parfois s'écrivent (homographes) – **de la même façon** mais qui ont des **sens différents**.

• **Prêt** est un adjectif (variable) et **près** une préposition (invariable).

Ex. Il est **prêt** [Elle est prête] à partir.
Le paon se tient **près** [à côté] des marches.

• **Sûr** est un adjectif (variable) et **sur** une préposition (invariable).

Ex. Il est **sûr** [certain] de venir.
Le paon est perché **sur** [sous] le toit.

• **Plus tôt** est un adverbe de temps de sens contraire à *plus tard* et **plutôt** est un adverbe.

Ex. Elle est arrivée **plus tôt** [plus tard] que prévu.
Elle est **plutôt** [assez] en retard.

Les constructions du verbe (1)

• Certains verbes s'emploient sans complément.

Ex. Pleuvoir : Il **pleut.**

• Certains verbes sont complétés par un **complément essentiel**, qu'on ne peut pas supprimer :
– un **COD** (complément d'objet direct), construit sans préposition ;

Ex. Écrire quelque chose : Il **écrit** un livre.

– un **COI** (complément d'objet indirect), introduit par une préposition (*de*, à, etc.).

Ex. Sourire à quelqu'un : Il **sourit à** son fils.

• Certains verbes ont plusieurs types de constructions et même plusieurs compléments.

Ex. Il parle. Il parle à un ami.
Il parle de ses soucis à un ami.

Un grain de sel

Ne bois pas la tasse !

1 Isabelle et Théo trouvent que l'eau de mer est bien salée. Les océans et les mers occupent un volume estimé à 1 350 millions de km^3. L'eau de mer contient en moyenne 35 g/L de sel. Ils veulent connaître la quantité de sel contenue dans la totalité des mers et des océans.

a Transforme 1 km^3 en L.

$1\ m^3 = 1\,000\ dm^3$; $1\ L = 1\ dm^3$

....

b Exprime le volume estimé d'eau des mers et des océans en L. Donne le résultat en écriture scientifique.

....

....

c Quelle quantité de sel est contenue dans la totalité des mers et des océans ? Donne le résultat en écriture scientifique en grammes, puis en kilogrammes.

....

....

2 Les distances moyennes entre le Soleil et les planètes du système solaire et les diamètres des planètes sont donnés dans le tableau ci-dessous en km.

a Complète le tableau.

	Distance au Soleil		Diamètre	
	Donnée	Notation scientifique	Donnée	Notation scientifique
Jupiter	$77\,834 \times 10^4$	....	14×10^4	....
Mars	$2\,279 \times 10^5$	....	680×10	....
Mercure	$57,9 \times 10^6$	....	$0,49 \times 10^4$	....
Neptune	449×10^7	....	485×10^2	....
Saturne	$1,427 \times 10^9$	....	$121 \times 1\,000$	....
Terre	$149,6 \times 10^6$	....	127×10^2	....
Uranus	$2,869 \times 10^9$	....	51×10^3	....
Vénus	$10,821 \times 10^7$	....	121×100	....

b Quelles sont les planètes situées à plus d'un milliard de km du Soleil ?

....

RAPPEL DE COURS

Définitions

Soit n un entier supérieur à 1,

- $10^n = \underbrace{10 \times 10 \times \ldots \times 10}_{n \text{ facteurs}}$; $10^{-n} = \frac{1}{10^n} = \frac{1}{\underbrace{10 \times 10 \times \ldots \times 10}_{n \text{ facteurs}}}$
- **10^{-n} est l'inverse de 10^n.**

Conventions

- $10^1 = 10$ • $10^0 = 1$ • $10^{-1} = \frac{1}{10}$

Propriétés

Le produit et le quotient de deux puissances de 10 sont des puissances de 10.

Ex. $10^3 \times 10^2 = 10 \times 10 \times 10 \times 10 \times 10 = 10^5$

$\frac{10^5}{10^3} = \frac{10 \times 10 \times 10 \times 10 \times 10}{10 \times 10 \times 10} = 10 \times 10 = 10^2$

Écriture scientifique d'un nombre

- Un nombre décimal positif peut s'écrire de plusieurs façons sous la forme $a \times 10^n$ dans laquelle a est un nombre décimal positif et n un entier relatif.
- L'**écriture scientifique** est celle dans laquelle on a : $1 \leqslant a < 10$.

Ex. $520\,000 = 520 \times 10^3 = 0,52 \times 10^6 = \mathbf{5,2 \times 10^5}$
$951,3 = 9\,513 \times 10^{-1} = \mathbf{9,513 \times 10^2}$

- Du plus petit au plus grand : préfixes

Unité multipliée par…	Unité multipliée par…	Préfixe	Symbole
un milliardième	10^{-9}	nano	n
un millionième	10^{-6}	micro	µ
un millième	10^{-3}	milli	m
mille	10^3	kilo	k
un million	10^6	méga	M
un milliard	10^9	giga	G

dans l'Univers...

c **Y a-t-il une planète à moins de 100 millions de km du Soleil ? Si oui, laquelle ?** ....

d **Classe les huit planètes de la plus proche à la plus éloignée du Soleil.**

....

e **Classe les huit planètes de la plus grosse à la plus petite.**

....

3 **Complète le tableau suivant en écrivant les résultats en écriture scientifique.**

t : tonne (1 000 kg)
Mt : mégatonne

Ex. Masse du Soleil	$1{,}9 \times 10^{30}$ kg $= 1{,}9 \times 10^{27}$ t $= 1{,}9 \times 10^{21}$ Mt
Distance Terre-Soleil	150 Gm = ... = ... km
Taille d'un grain de sable	0,5 mm = ... = ... m
Taille d'un grain de pollen	0,4 µm = ... = ... m
Diamètre d'un virus	2×10^{-9} m = ... = ... nm

De plus en plus simple !

4 **Donne l'écriture scientifique de *A*, *B* et *C*.**

a $A = \dfrac{49 \times 10^3 \times 6 \times 10^{-10}}{14 \times 10^{-2}}$ ....

b $B = \dfrac{18 \times (10^{-1})^2 \times 45 \times 10^{13}}{9 \times 10^{-23}}$ ....

c $C = \dfrac{90\ 000\ 000\ 000 \times 0{,}000\ 02}{30\ 000\ 000 \times 0{,}01}$ ....

5 Soit l'expression numérique : $A = 2 \times 10^2 + 10^1 + 10^{-1} + 2 \times 10^{-2}$.

a **Donne l'écriture décimale de *A*.** ....

b **Donne l'écriture scientifique de *A*.** ....

c **Écris *A* sous la forme d'un produit d'un nombre entier par une puissance de 10.** ....

d **Écris *A* sous la forme d'une somme d'un nombre entier et d'une fraction irréductible inférieure à 1.** ....

Une fraction irréductible est une fraction que l'on ne peut plus simplifier.

L'EXO COSTAUD

6 Soit $x = 9 \times 10^{-21}$ et $y = 3{,}6 \times 10^{-20}$.

Écris les nombres suivants en écriture scientifique.

a $A = xy$ ....

....

b $B = x + y$ ....

....

c $C = \dfrac{x}{y}$ ....

....

L'EXO MÉMO

7 **Complète le tableau ci-dessous des différentes écritures d'un même nombre.**

Écriture décimale	$a \times 10^p$: a entier non divisible par 10	Notation scientifique
78 100	....	....
....	$3\,675 \times 10^{-2}$	....
....	....	$5{,}2 \times 10^{-2}$
658,5	....	....
56 620 000	....	....

An expert

A man and a hitch-hiker[1] are in the man's car. They are talking…

Suddenly, my passenger **was holding** up a black leather belt[2] in his hand. (…) "Hey, that's mine. (…) I **reached** down and **felt** for my belt. It **was gone**. (…) "How **did** you **do** that? I never **saw** you bending[3] down." (…) "You never even **saw** me move an inch[4]. And you know why?" "Yes" I **said** "Because you've got fantastic fingers." (…) What else have you got of mine?"

He **smiled** (…) and now **started** to take from the pocket one thing after another that **belonged**[5] to me – my driving licence, a key ring (…), some pound notes, a few coins, a letter from my publishers, a pencil (…) and last of all a beautiful old sapphire ring with pearls around it belonging to my wife. I was taking the ring up to the jeweller[6] in London (…).
"So you're a pickpocket" I **said**.
"I don't like that word (…) I'm a professional fingersmith[7] (…) I'm an expert in fingers, so I'm a fingersmith.

Roald Dahl,
The Hitch-hiker in *The Wonderful Story of Henry Sugar*,

---

1. **hitch-hiker :** *auto-stoppeur.* 2. *ceinture.* 3. **bend down :** *se pencher.* 4. **you never saw me move an inch :** *vous ne m'avez pas vu bouger d'un pouce.* 5. **that belonged to me :** *qui m'appartenaient.* 6. *bijoutier.* 7. *(mot inventé par l'auteur) = un orfèvre en doigts.*

Comprendre

1 Vrai ou faux ? Coche la bonne réponse.

	True	False
a. The man is driving his car.	☐	☐
b. The passenger is taking the man's objects.	☐	☐
c. The man's belt is in its place, holding his trousers.	☐	☐
d. The man doesn't know how his passenger took his belt.	☐	☐
e. The passenger didn't take many things from the man.	☐	☐
f. The hitch-hiker likes being called a pickpocket.	☐	☐

2 Quelle est la meilleure traduction de chaque phrase ?

a. *I reached down and felt for my belt. It was gone.*

1. J'ai cherché vers le bas et senti ma ceinture. Elle était partie. ☐

2. Je portai la main à ma ceinture pour vérifier si elle était en place. Elle avait disparu. ☐

b. *What else have you got of mine?*

1. Quels autres objets m'avez-vous pris ? ☐

2. Qu'avez-vous d'autre à moi ? ☐

Mots et expressions

L'argent

money *l'argent*
change *la monnaie*
a pound note *un billet d'une livre (symbole : £)*
a coin *une pièce de monnaie*
Do you have any change? *Avez-vous de la monnaie ?*
Don't forget your change! *N'oubliez pas votre monnaie !*

Voler

a thief = a burglar *un voleur*
a burglary = a break-in *un cambriolage*
steal *voler, dérober*
fly *voler (comme un oiseau)*

in fingers...

S'entraîner

3 Complète ces phrases en écrivant le verbe entre parenthèses au prétérit simple.

a. The hitch-hiker (be) .... a very good pickpocket.

b. The man (admire) .... his passenger's skill (*adresse*).

c. The hitch-hiker (take / not) .... the man's coins.

d. (drive) .... the man .... his car?

4 Complète ces phrases en écrivant le verbe entre parenthèses au prétérit en *be* + - *ing*.

a. The man (drive) .... his new car.

b. They (talk) .... about their jobs.

c. (go?) .... the men ....
.... to London?

d. The pickpocket (steal / not) .... the man's car.

5 Décris le dessin en remettant les mots dans l'ordre.

a. was / in the / clouds / . / flying / a plane

b. a hitch-hiker / suddenly / ! / the pilot / saw /

c. balloons / ! / was / he / holding /

6 Complète ces phrases en écrivant le verbe au temps qui convient : prétérit simple ou prétérit en *be* + - *ing*.

a. The man (drive) .... to London when he (see) .... a hitch-hiker by the road.

b. The passenger (steal) .... the man's money while he (drive) .... the car.

c. He (talk) .... to his passenger when suddenly he (realize) .... his belt was gone.

RAPPEL DE COURS

Le prétérit simple

• C'est le temps du récit, des actions passées, datées, terminées. On le rend par le passé simple ou le passé composé en français.

• Le prétérit des verbes réguliers se forme avec la **base verbale + *-ed***. Voir la liste des verbes irréguliers sur le plat 2 de couverture.

> ***Ex.*** **He smiled.** *Il sourit.*
> **I never saw you bending down.**
> *Je ne vous ai pas vu vous baisser.*

• Aux formes négative et interrogative, on emploie ***did* + base verbale**.

> ***Ex.*** **Where did you get it?** *Où l'avez-vous prise ?*
> **You didn't see me move.** *Vous ne m'avez pas vu bouger.*

• ***Be*** est le seul verbe à avoir deux formes au prétérit : ***was*** aux 1re et 3e personnes du singulier, ***were*** à toutes les autres.

> ***Ex.*** **He was a pickpocket.** *C'était un pickpocket.*
> **His victims weren't happy.** *Ses victimes n'étaient pas contentes.*
> **Was the driver rich?** *Le conducteur était-il riche ?*

Le prétérit en *be* + *-ing*

• Il indique qu'une action était en cours dans le passé, souvent interrompue par une autre action soudaine ; il indique aussi deux actions simultanées (avec ***while*** = pendant que), une description dans le passé. On le rend par l'imparfait en français.

• Aux formes affirmative, négative et interrogative, on le forme avec ***was / were* + base verbale + *-ing***.

> ***Ex.*** **He was holding a belt.** *Il tenait une ceinture.*
> **Was he holding a coin?** *Est-ce qu'il tenait une pièce ?*
> **He was driving when suddenly he realized that his belt was gone!** *Il conduisait quand soudain il se rendit compte que sa ceinture avait disparu.*

La Révolution française et l'Empire

RAPPEL DE COURS

Les temps forts de la Révolution

- La **réunion des États Généraux** de mai 1789 déçoit les espoirs des députés du Tiers État. La Révolution française débute par leur révolte : le 17 juin, ils se proclament **Assemblée nationale constituante**.
- Le **14 juillet 1789**, la prise de la Bastille, prison royale, est motivée par la condamnation des arrestations arbitraires et la défense de la liberté. La Révolution se propage ensuite dans les campagnes (la **Grande Peur**, juillet-août 1789).
- La nuit du **4 août 1789**, les droits seigneuriaux et les privilèges sont abolis. Les citoyens qui paient l'impôt peuvent voter (**suffrage censitaire**).
- Le **26 août 1789** est proclamée la **Déclaration des Droits de l'Homme et du Citoyen**.
- La Constitution de 1791 met fin à la monarchie absolue.
- En 1792, le peuple français se révolte contre le roi. Le 10 août, la famille royale est emprisonnée. Le 21 septembre 1792, la **République** est proclamée. Louis XVI est guillotiné le 21 janvier 1793.
- À partir de 1794, Robespierre et les Montagnards (députés proches du peuple) imposent la Terreur contre tous les adversaires de la République. Les exécutions se multiplient jusqu'à celle de Robespierre, le 27 juillet 1794.

Les temps forts du Consulat et de l'Empire

- Le 18 Brumaire de l'an VIII (9 novembre 1799), le général **Bonaparte** réalise un coup d'État et prend le pouvoir en instaurant le **Consulat**. Bonaparte est consul à vie en 1802. Il multiplie les **réformes** : création de la Légion d'honneur, des lycées (1802), des préfets, du franc (1803), du Code civil (1804).
- Bonaparte est sacré **empereur en 1804** et prend le nom de Napoléon Ier. Il multiplie les conquêtes militaires jusqu'en 1811 puis subit plusieurs défaites de 1812 à 1815 : la dernière, celle de Waterloo, entraîne la chute de l'Empire.

1 **Classe les événements suivants dans l'ordre chronologique.**

A. Prise de la Bastille – **B.** Déclaration des Droits de l'Homme et du Citoyen – **C.** Proclamation de la République – **D.** Révolte des députés réunis en États Généraux – **E.** Grande Peur – **F.** Fin de la monarchie absolue – **G.** Nuit du 4 août – **H.** Terreur

....

2 **Extrait de la *Déclaration des Droits de l'Homme et du Citoyen*, 26 août 1789.**

« **Article premier** – Les hommes naissent et demeurent libres et égaux en droits.

Article 3 – Le principe de toute souveraineté[1] réside dans la Nation[2].

Article 10 – Nul ne doit être inquiété pour ses opinions.

Article 11 – Tout citoyen peut parler, écrire librement. »

1. souveraineté : pouvoir ; 2. Nation : peuple, citoyens.

a. Quel est le nouveau pouvoir du peuple indiqué dans cet extrait ?

....

b. Quels sont les autres droits acquis par le peuple ?

....

3

Une pièce de 5 francs de 1811.

a. Qui a créé le franc ?

....

b. Quelles sont les autres créations de ce personnage ?

....

....

Un monde de migrants

1 **À l'aide du planisphère et de sa légende, relie chacun des pays à la proposition qui convient, lorsque c'est possible.**

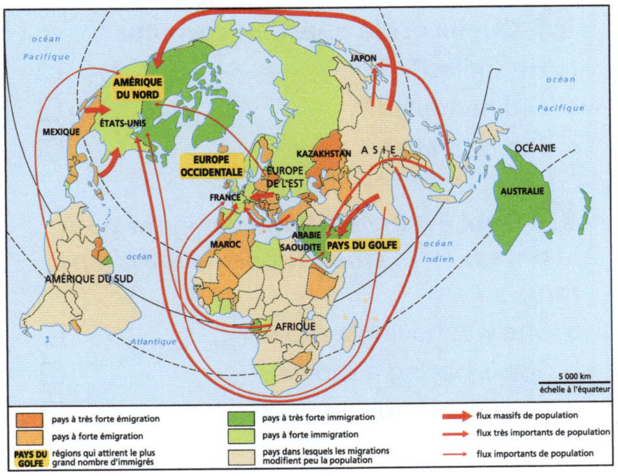

Les flux migratoires dans le monde.

États-Unis •	
France •	• Pays à très forte immigration
Japon •	• Pays à forte immigration
Mexique •	• Pays à très forte émigration
Australie •	• Pays à forte émigration
Maroc •	

2

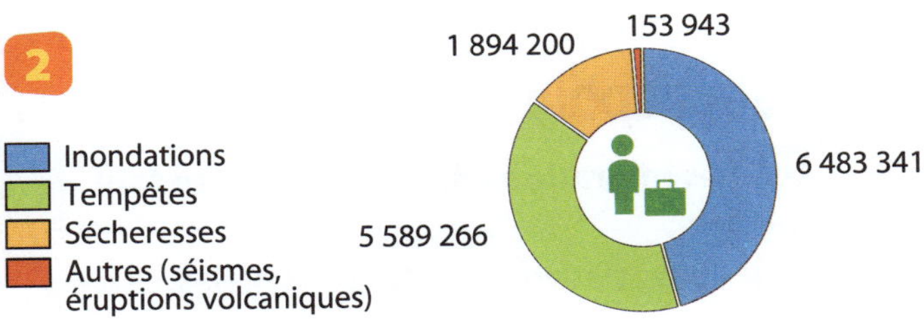

Personnes déplacées à cause d'une catastrophe climatique dans le monde en 2017.
Source : Oxfam, 2017.

a. Quel type de catastrophe climatique est responsable du plus grand nombre de déplacements de populations en 2017 ?

....

b. Cite les principales autres causes de migrations dans le monde.

....

RAPPEL DE COURS

Les migrations se multiplient

• Les **flux migratoires** concernent le plus souvent des **peuples en grande difficulté**. Les migrants quittent des régions touchées par la **pauvreté** ou la **guerre** avec l'espoir de rejoindre un pays qui offre de **meilleurs conditions de vie et plus de sécurité**.

• Le nombre de **réfugiés climatiques** qui fuient les tempêtes, les séismes et surtout les inondations est aussi en constante augmentation.

• Les **migrants** constituent une main-d'œuvre dans leur pays d'accueil. Ils sont souvent **peu qualifiés**, mais on observe une croissance du nombre d'étudiants et de **migrants diplômés**.

• Les **conditions d'exil** des migrants sont souvent dramatiques. Les dirigeants des pays d'immigration tentent de limiter les flux clandestins tout en portant secours à des populations en péril pendant leur exil.

Les migrations se diversifient

• Les **pays d'émigration** sont essentiellement les pays du Sud : 3/4 des émigrés de la planète en sont issus. La première région de départ est l'Asie, puis l'Afrique et certains pays d'Amérique latine.

• Les principaux **pays d'immigration** ont pendant longtemps été des pays riches, du Nord (les États-Unis, les pays de l'Union européenne). Désormais, les **pays du Sud** sont les plus nombreux à accueillir des migrants. Les migrations Nord-Nord existent mais sont moins importantes. Elles concernent surtout les étudiants et les travailleurs les plus qualifiés.

• Les **migrations régionales** sont les plus nombreuses (3/4 des flux) : la plupart des migrants du continent américain viennent de ce continent (les Mexicains qui vont aux États-Unis par exemple) ; les flux internes augmentent aussi en Europe (des pays de l'Est vers ceux de l'Ouest), en Asie et en Afrique (les peuples qui fuient leur pays essaient de trouver refuge dans un État voisin, avant de pouvoir parfois rejoindre l'Europe).

BILAN de la séquence 3

Pour chaque question, coche la (ou les) bonne(s) réponse(s).
Ensuite, reporte-toi aux corrigés du livret détachable (page 8) et inscris ton score sur 10.

Français

1 Complète la phrase : « *Le paon est … pour son mariage.* »

- a. près. ☐
- b. prêt. ☐
- c. prête. ☐

2 Quelle série regroupe des verbes se construisant avec un COI ?

- a. participer, s'inspirer, s'attendre ☐
- b. entreprendre, créer, attendre ☐
- c. soupirer, s'assoir, trembler ☐

3 Dans la phrase « *Le paon ne doute pas que sa fiancée viendra* », *douter* est :

- a. sans complément. ☐
- b. construit avec un COD. ☐
- c. construit avec un COI. ☐

Maths

4 5×10^{-3} **s'écrit aussi :**

- a. 50^{-3} ☐
- b. $-5\,000$ ☐
- c. 0,005 ☐

5 $\dfrac{4 \times 10^5}{8 \times 10^7}$ **est égal à :**

- a. 0,02 ☐
- b. 500 ☐
- c. 0,005 ☐

6 L'écriture scientifique de $623{,}1 \times 10^5$ **est égale à :**

- a. $6\,231 \times 10^4$ ☐
- b. $6{,}231 \times 10^7$ ☐
- c. $6{,}231 \times 10^3$ ☐

Anglais

7 Quelle est la question correcte ?

- a. He smiled? ☐
- b. Did he smiled? ☐
- c. Did he smile? ☐

8 Quel est le début qui convient pour la phrase : « *… when suddenly the phone rang.* » ?

- a. She was having a shower… ☐
- b. She is having a shower… ☐
- c. She had a shower. ☐

Histoire

9 Que permet la Révolution en 1789 ?

- a. La fin de la monarchie. ☐
- b. La fin de la monarchie absolue. ☐
- c. La proclamation de la République. ☐

Géographie

10 Les migrations dans le monde se font surtout :

- a. des pays pauvres vers les pays riches. ☐
- b. des pays riches vers les pays pauvres. ☐
- c. entre les pays pauvres. ☐

Total …. / 10

Séquence 4

Une leçon

Le soir, sur les places des villages, j'essayais de parler un peu avec les filles. Je faisais un maximum d'efforts mais ça ne marchait pas très fort, alors que monsieur Ibrahim, lui qui ne faisait rien d'autre que boire sa Suze anis en souriant, avec son air doux et calme, eh bien, au bout d'une heure, il avait toujours plein de monde autour de lui.

– Tu bouges trop, Momo. Si tu veux avoir des amis, faut pas bouger.

– Monsieur Ibrahim, est-ce que vous trouvez que je suis beau ?

– Tu es très beau, Momo.

– Non, c'est pas ce que je veux dire. Est-ce que vous croyez que je serai assez beau pour plaire aux filles… sans payer ?

– Dans quelques années, ce seront elles qui paieront pour toi !

– Pourtant… pour le moment… le marché est calme…

– Évidemment, Momo, tu as vu comme tu t'y prends ? Tu les fixes en ayant l'air de dire : « Vous avez vu comme je suis beau. » Alors, forcément, elles rigolent. Il faut que tu les regardes en ayant l'air de dire : « Je n'ai jamais vu plus belle que vous. » Pour un homme normal, je veux dire un homme comme toi et moi – pas Alain Delon ou Marlon Brando, non –, ta beauté, c'est celle que tu trouves à la femme.

Éric-Emmanuel Schmitt,
Monsieur Ibrahim et les Fleurs du Coran,
Albin Michel, 2001.

Lecture et compréhension

1 Souligne, dans le texte, les phrases qui justifient ces affirmations.

a. M. Ibrahim est d'un caractère paisible.
b. M. Ibrahim est encourageant et rassurant.
c. Momo prend des airs supérieurs avec les filles.
d. Pour plaire, il faut exprimer son admiration à la personne qu'on veut séduire.

2 Momo n'a pas de succès auprès des filles parce qu'il :

☐ est laid.
☐ ne leur offre pas à boire.
☐ cherche à être aimé plutôt qu'à aimer.

Vocabulaire

3 *Docere* est un verbe latin qui signifie « conduire, enseigner ». Retrouve dix mots de la même famille en reliant radical, préfixe et/ou suffixe, comme dans l'exemple.

con •	• doc •	• tion	....
sé •	• dui •	• teur	....
ré •	• duc •	• re	....

de séduction

4 Réécris ces phrases dans un langage courant.

a. Faut pas bouger.

....

b. C'est pas ce que je veux dire.

....

Orthographe

5 Trouve les homophones de *air* correspondant aux définitions.

a. une période de longue durée → une ....

b. une surface → une ....

c. Il marche sans but. → Il ....

Conjugaison - Grammaire

6 Complète ces phrases en conjuguant le verbe entre parenthèses au présent de l'indicatif.

a. M. Ibrahim .... **(vendre)** de tout dans son épicerie de la rue Bleue. Quand il découvre que Moïse le vole, il .... **(feindre)** de ne pas s'en rendre compte car il .... **(comprendre)** que cet enfant est désespéré.

b. Abandonné par ses parents, Moïse le .... **(rejoindre)** de plus en plus souvent et se .... **(plaindre)** régulièrement de ne pas savoir se faire aimer. « Si tu .... **(apprendre)** à sourire, ce sera plus facile. Tu ne .... **(résoudre)** pas tous les problèmes avec un sourire, mais au moins tu te .... **(rendre)** aimable », lui .... **(répondre)** un jour son ami.

RAPPEL DE COURS

Les verbes en *-dre*

• Ils conservent leur ***d*** aux personnes du singulier du présent de l'indicatif.

Ex. Je pren**ds**, tu pren**ds**, il pren**d**, nous prenons, vous prenez, ils prennent.

• **Exceptions :** les verbes se terminant par *-indre*, *-oindre* et *-soudre*.

Ex. J'attein**s**, tu attein**s**, il attein**t**, nous atteignons, vous atteignez, ils atteignent.
Je résou**s**, tu résou**s**, il résou**t**, nous résolvons, vous résolvez, ils résolvent.

Les constructions du verbe (2)

• Certains verbes construisent la **fonction attribut** qui permet d'attribuer une caractéristique au sujet. Aussi les attributs sont-ils souvent des adjectifs, mais aussi des groupes nominaux.

Ex. Tes explications ne **sont** guère **convaincantes**.

• Ces verbes peuvent être :
– des **verbes d'état** ;

Ex. être, sembler, paraître, avoir l'air, passer pour, se révéler, se montrer, rester, demeurer…

– des **verbes d'appellation au passif** ou **à la forme pronominale** ;

Ex. être nommé, être élu, être jugé… s'appeler, se nommer…

– **certains verbes d'action** habituellement construits **sans complément**.

Ex. vivre, mourir, arriver, naître, partir…

7 Dans ces phrases, entoure le ou les verbes construits avec un attribut, puis relie par une flèche l'attribut au sujet qu'il qualifie.

a. M. Ibrahim passait pour un sage dans son quartier : il était le seul Arabe d'une rue juive.

b. Il pouvait rester longtemps assis sans bouger dans son épicerie.

c. Il se montra bienveillant envers Momo et lui apprit à apaiser sa colère.

Après-midi

RAPPEL DE COURS

Opposé d'une somme, d'une différence

Quels que soient les nombres relatifs a et b :

- $-(a+b) = -a-b$ • $-(a-b) = -a+b$

Opposé d'un produit, produit des opposés

Quels que soient les nombres relatifs a et b :

- $-(a \times b) = (-a) \times b = a \times (-b)$ • $(-a) \times (-b) = ab$

Opposé et quotients

Quels que soient les nombres relatifs a, b et $c \neq 0$:

- $-\frac{a+b}{c} = \frac{-a-b}{c}$ • $-\frac{a-b}{c} = \frac{-a+b}{c}$

Distributivité

Quels que soient les nombres a, b et c :

- $a(b+c) = ab + ac$
- $a(b-c) = ab - ac$
- Quels que soient les nombres a, b, c et d :
$(a+b)(c+d) = ac + ad + bc + bd$

Développement et factorisation

- Quand on transforme un produit en somme on **développe**.
- Quand on transforme une somme en produit on **factorise**.

Ex. • On réduit :
$A = 9x^2 - 2{,}5x^2 = (9 - 2{,}5)x^2 = 6{,}5x^2$
• On développe :
$B = 2x(x-5) = 2x \times x - 2x \times 5 = 2x^2 - 10x$
• On factorise :
$C = 3x^2 - 2x$ x est un facteur commun
$C = 3x \times x - 2 \times x = x(3x-2)$

Des aires d'herbe...

1 Olivier se baigne chez ses cousins qui ont une piscine rectangulaire de 12 mètres sur 5 mètres. Pour la rendre plus agréable, ils veulent l'entourer d'une bande de gazon de x mètres de large.

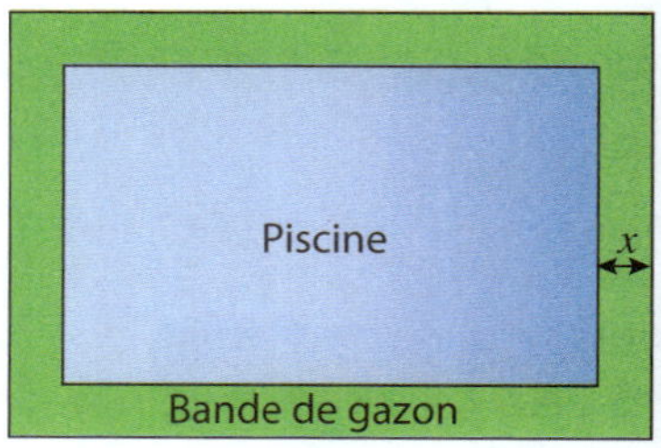

a Calcule le périmètre total en fonction de x.

....

b Quelle est l'aire de la bande de gazon en fonction de x ?

....

2 L'unité de longueur est le cm. Soit *ABCD*, *AEFG* et *AHIJ* des carrés.
On sait que $AE = 2$ et $AD = 4$. On pose $HB = x$.

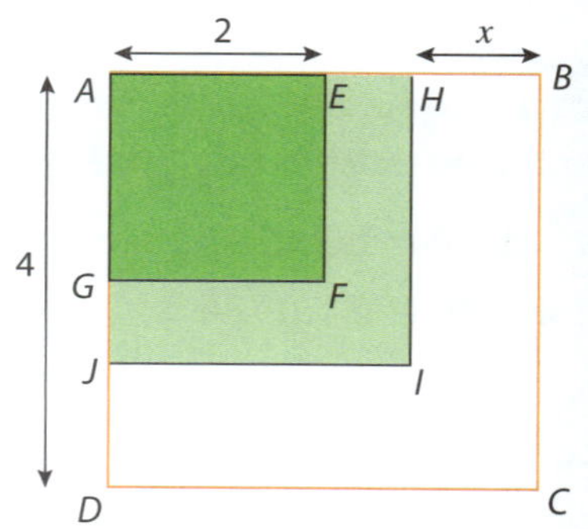

a Exprime *AH* en fonction de x.

....

b Déduis-en l'aire de *AHIJ* en fonction de x.

....

c Parmi les expressions suivantes, entoure celle qui permet de calculer l'aire coloriée en vert clair.

- $X = (4-x)(4-x) - 4$ • $Y = (2-x)(2-x)$ • $Z = 16 - x^2 - 4$

3 Soit x et y deux nombres relatifs.
Écris les expressions suivantes sans parenthèses, puis réduis-les.

a $A = -2 - (x+y-7) + (-x-y+11)$ ....

....

b $B = -(2+x-y) - (2x+y)$ ....

....

piscine !

Des maths ou de la magie ?

4 Soit y un nombre relatif.

Développe et réduis les expressions suivantes.

a) $A = 7(2x + 3) - 4(3 - 4y)$ ....

....

b) $B = \frac{4}{3}\left(-6x + \frac{1}{2}\right) - \frac{1}{3}(-3x - 1)$ ....

....

c) $C = 2x(3x - 5)$ ....

....

d) $D = (2x + 3)(3x + 4)$ ....

....

Teste le résultat trouvé en remplaçant x par 1. Si le test est faux, cherche l'erreur. S'il est réussi, on peut simplement dire que le résultat semble correct.

5 **Écris les expressions suivantes sous la forme d'un seul quotient.**

a) $A = \frac{3x - 1}{2} - \frac{2x - 7}{3}$ ....

....

b) $B = -\frac{2x + 5}{2} + \frac{x - 2}{5}$ ....

....

6 **Effectue les mises en facteur demandées.**

a) $A = 15x^2 + 7x = x($...... + ...$)$ ....

....

b) $B = 14x^2 + 8x = 2x($...... + ...$)$ ....

....

c) $C = 6x^2 - 12x = 6x($...... − ......$)$ ....

....

d) $D = 4x - 8x^2 = 4x($...... − ......$)$ ....

....

L'EXO RIGOLO

7 Au bord de la piscine, Olivier et sa cousine Julia font des tours de magie. Julia dit à Olivier : « Pense à deux chiffres. Multiplie le premier par 2. Ajoute le second. Multiplie le résultat par 5 puis retranche 4 fois le second chiffre. Donne-moi le résultat. » Olivier répond : « 65. »

Julia annonce que les deux chiffres choisis par Olivier étaient 6 et 5.

a) **Essaye sur deux nouveaux exemples.**

....

....

b) **La magie opère-t-elle à tous les coups ? Explique pourquoi.**

....

L'EXO MÉMO

8 **Pour chaque expression du tableau, indique s'il s'agit :**

1 : d'une somme algébrique,
2 : d'une somme de carrés,
3 : d'une différence de 2 carrés,
4 : d'un carré d'une différence ou d'une somme,
5 : d'un produit de facteurs.

Certaines expressions peuvent avoir plusieurs réponses.

Expressions	n°	Expressions	n°
Ex. $(x + 2y)^2$	4 - 5	$(3b - 1)^2$	......
$(2x + y)(x - y) - (x + y)^2$	......	$-b^2 + (a - b)^2$	......
$16a^2 - 4b^2$	......	$(x + 3y)^3$	......
$(2x - 1)(3 - x)$	......	$a^2 + b^2 + c^2$	......
$a(2x + 3) - 5a$	......	$(2a + 3b)^2$	......
$2a(a + b)(3b - a)$	......	$9x^2 - (2x + 5)^2$	......

Who's the

It seems that everywhere you look, you see magazine covers with superlative titles about celebrities who are always **the most** beautiful, **the best**-dressed, **the** sexi**est**, **the** fitt**est**[1], **the** rich**est**, **the** nic**est** or **the most** incredible[2]... Sometimes, these magazines compare celebrities, trying to discover if for example Cole Sprouse is **more** charming **than** Dylan Minnette, if Emma Watson is prett**ier than** Ariana Grande, if Harry Kane is a **better** football player **than** Dele Alli or if Miley Cyrus is **worse**-dressed **than** Lady Gaga! Obviously[3], readers are interested in these comparisons, since celebrity magazines sell millions of copies every year, nearly **as** many **as** TV program magazines. And don't think that girls are the only ones who read them: boys are just **as** likely **as**[4] girls to be interested in the life of "the rich and the famous", though they're **more** interested in sports stars **than** girls. Are *you* a mag' fan?

1. *les plus en forme (superlatif de* **fit***).* 2. *incroyable.* 3. *manifestement.* 4. **are as likely as girls to be :** *sont tout aussi susceptibles que les filles d'être.*

Comprendre

1 Relie le mot ou l'expression à sa traduction

a. seems	**1.** le mieux habillé
b. everywhere	**2.** moins bien habillée
c. covers	**3.** autant que
d. titles	**4.** presque
e. as many as	**5.** couvertures
f. the best-dressed	**6.** semble, paraît
g. nearly	**7.** puisque
h. worse-dressed	**8.** titres
i. since	**9.** partout

S'entraîner

2 Transforme ces adjectifs en comparatifs de supériorité (voir *Le cours*).

a. nice ....
b. pretty ....
c. big ....
d. good ....
e. fat ....
f. polite ....
g. kind ....
h. bad ....
i. intelligent ....
j. small ....

Mots et expressions

L'apparence

beautiful *beau / belle*
fit *beau (pour un homme)*
pretty = attractive *jolie (pour une femme)*
cute *mignon(ne)*
ugly = unattractive *laid(e)*

La personnalité

nice, kind, good *gentil(le)*
friendly *amical(e)* ≠ **unfriendly**
polite = well-mannered *poli(e), bien élevé(e)* ≠ **rude, bad-mannered**
nasty = horrible = awful, *méchant(e)*
unpleasant *désagréable*

La presse

article / column *rubrique*
report *reportage*
feature *article de fond*
editor *rédacteur / rédactrice en chef*
newspaper *journal*
daily *quotidien*
weekly *hebdomadaire*
monthly *mensuel*

best in the world?

3 **Transforme ces adjectifs en comparatifs d'infériorité (1), puis en comparatifs d'égalité (2).**

a. pretty (1) .... (2) ....

b. expensive (1) .... (2) ....

....

c. cute (1) .... (2) ....

4 **Complète ces phrases en utilisant le comparatif demandé : supériorité (+), égalité (=) ou infériorité (–).**

a. This magazine is (+ cheap*) the one I buy. (**pas cher*)

....

b. This actress is (– talented) Keira Knightley.

....

c. That football player is (+ bad) Wayne Rooney.

....

d. He is (= good) Leigh Halfpenny at scoring points.

....

5 **Complète ces phrases avec le superlatif demandé : supériorité (+) ou infériorité (–).**

a. This actress is simply (+ bad) in the world!

....

b. I always choose (– expensive) pencils.

....

c. This book is (+ boring) I've ever read (*que j'aie jamais lu*)!

....

d. This fruit is the (+ sweet) I've eaten this year!

....

RAPPEL DE COURS

Comparatif et superlatif

➤ Comparatif et superlatif de supériorité

On utilise une méthode différente en fonction de la longueur des adjectifs :

- **adjectif court** (une syllabe) → adjectif + ***-er*** ou ***-est*** + ***than*** :
  comparatif : rich → richer than / fat → fatter than
  superlatif : rich → the richest / fat → the fattest
- **adjectif long** (2 syllabes et plus), ***more*** ou ***the most*** + adjectif + ***than*** :
  comparatif : more expensive than
  superlatif : the most expensive
- On considère les adjectifs de deux syllabes se terminant par ***-y***, ***-er***, ***-le*** ou ***-ow*** comme des adjectifs courts :
  comparatif : funny → funnier than, clever → cleverer than
  superlatif : funny → the funniest, clever → the cleverest
- ***Good***, ***bad*** et ***far*** sont des exceptions :
  good → better – the best
  bad → worse – the worst
  far → farther/further – the farthest/the furthest.

Ex. Timothée Chalamet is a better actor than Robert Pattinson.
Timothée Chalamet is the best!

➤ Comparatif et superlatif d'infériorité

- ***less*** ou ***the least*** + adjectif (court ou long) + ***than***.

Ex. A newspaper is less expensive than a magazine.
Un journal est moins cher qu'un magazine.
My magazine is the least expensive.
Mon magazine est le moins cher.

➤ Comparatif d'égalité

- ***as*** + adjectif (court ou long) + ***as*** :

Ex. She is as clever as her friend.
Elle est aussi intelligente que son amie.
Madagascar 3 was as successful as *Madagascar 1*.
Madagascar 3 *a eu autant de succès que* Madagascar 1.

6 **Complète les phrases par un comparatif ou un superlatif en fonction du sens.**

a. Harry Potter 7 is (good) .... film of the whole series!

b. The actress who plays Hermione is (tall) .... Hagrid.

c. Hagrid is much (big) .... the Headmaster Dumbledore.

d. I bought (cheap) .... bike, I am not rich.

e. Voldemort is much (horrible) .... Draco Malfoy.

La Terre : planète à risques

RAPPEL DE COURS

Évaluer les risques

- L'activité géologique de notre planète présente des risques pour l'homme.
- Le risque géologique (sismique ou volcanique) dépend de l'**aléa** (probabilité que le phénomène se produise) et de l'**enjeu** (personnes et biens menacés par le phénomène).
- Selon les zones atteintes, les conséquences prévisibles sont différentes : on parle de **vulnérabilité**.

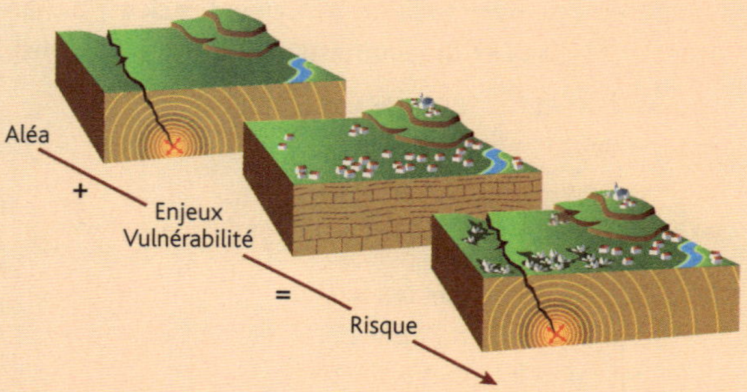

Faire face aux risques

- Actuellement, il est possible de prévoir une éruption volcanique alors que la prévision d'un séisme à court terme est encore impossible. Seules les zones à risques sismiques sont identifiées.
- Afin de **prévenir les risques**, il est par exemple possible :
  – d'éduquer la population au comportement à adopter en cas de séisme ;
  – d'aménager le territoire (abris, digues...) ou d'établir un plan d'évacuation en cas d'éruption volcanique de grande ampleur.

Et les tsunamis ?

Depuis 2005, des bouées capables de mesurer la hauteur des vagues ont été installées dans l'océan Indien. En cas de **tsunami** (vagues destructrices consécutives à un séisme en mer), un centre d'alerte peut prévenir la population.

1 **Corrige les phrases fausses en les réécrivant.**

a. Un aléa volcanique important est toujours associé à un risque volcanique important.

....

b. L'aléa sismique est la combinaison du risque sismique et de la vulnérabilité de l'enjeu.

....

c. La prévision des séismes est plus fiable que celle des éruptions volcaniques.

....

2 Dans la nuit du 23 au 24 août 2016, un séisme frappe le centre de l'Italie, faisant près de 300 victimes. La zone touchée est peu peuplée et principalement composée de villages.

En t'aidant de la carte et de l'extrait de l'article de presse, explique pourquoi le bilan peut être aussi lourd. Quels sont les facteurs qui augmentent la vulnérabilité de la région touchée ?

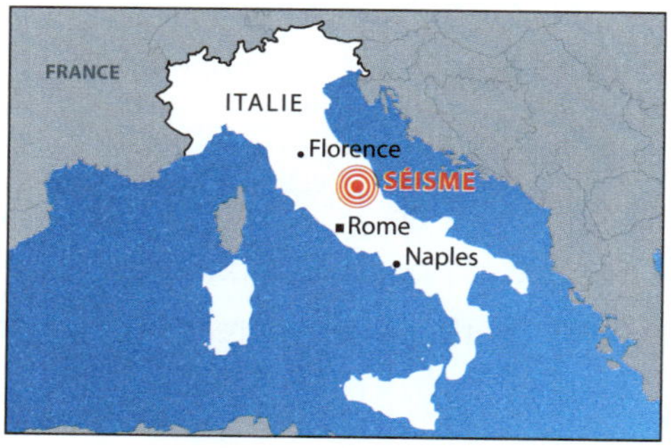

« Almatrice, l'un des villages partiellement détruits par le tremblement de terre, s'apprêtait à fêter ce week-end la 50e édition d'un festival dédié aux spaghetti *all'amatriciana*, spécialité du bourg […].
Une caractéristique de très nombreuses communes italiennes est l'existence de centres historiques datant de plusieurs siècles, "très beaux, mais qui risquent beaucoup plus" […]
Certains experts s'interrogent sur l'insuffisance de la prévention dans un pays pourtant très exposé aux risques sismiques. Les Italiens sont insuffisamment sensibilisés aux réflexes à avoir en cas de tremblement de terre […]. »

« Séisme en Italie : Pourquoi le bilan est-il si lourd ? », *Le Parisien* du 25 août 2016, © Le Parisien.

....

....

L'intensité électrique

1 **Schématise un circuit contenant une pile, un interrupteur et un moteur. Représente le sens conventionnel du courant. Place un ampèremètre dans le circuit et indique ses bornes.**

2 **Vrai ou faux ? Coche la bonne réponse.**

a. L'unité de l'intensité est le volt. ☐ Vrai ☐ Faux

b. La loi d'unicité des intensités est valable en circuit série. ☐ Vrai ☐ Faux

c. L'ampèremètre se branche en série. ☐ Vrai ☐ Faux

d. 30 mA = 0,3 A. ☐ Vrai ☐ Faux

e. Par convention, le courant sort par la borne positive du générateur. ☐ Vrai ☐ Faux

3 Une guirlande lumineuse contient 20 lampes identiques, montées en dérivation. Chaque lampe reçoit 25 mA.

Calcule l'intensité nécessaire au fonctionnement de la guirlande.

....

....

....

4 Le circuit contient deux ampèremètres notés A1 et A2. L'ampèremètre A1 indique 0,25 A.

Détermine la valeur lue sur A2. ....

RAPPEL DE COURS

Mesure

- **L'intensité électrique I**, s'exprime en **ampères (A)** et se mesure avec un **ampèremètre**.

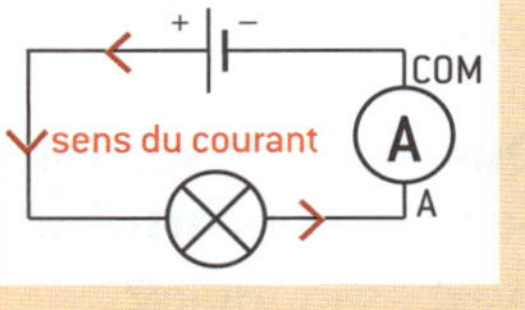

- L'ampèremètre se branche **en série** (bornes COM et A) dans le circuit.
- On peut exprimer l'intensité en **milliampères** (mA) : **1 mA = 0,001 A**

Les lois de l'intensité

- **Loi d'unicité des intensités**

L'intensité est la même en tout point d'un circuit série.

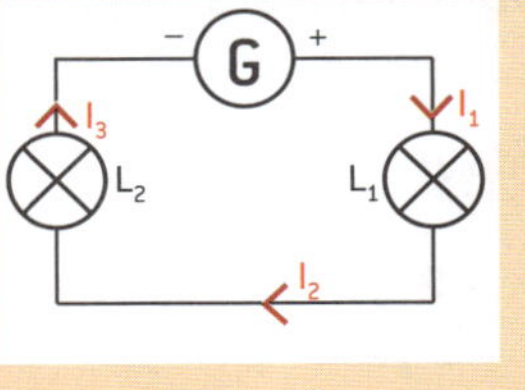

$I_1 = I_2 = I_3$

- **Loi d'additivité des intensités**

L'intensité dans la branche principale est égale à la somme des intensités des branches dérivées.

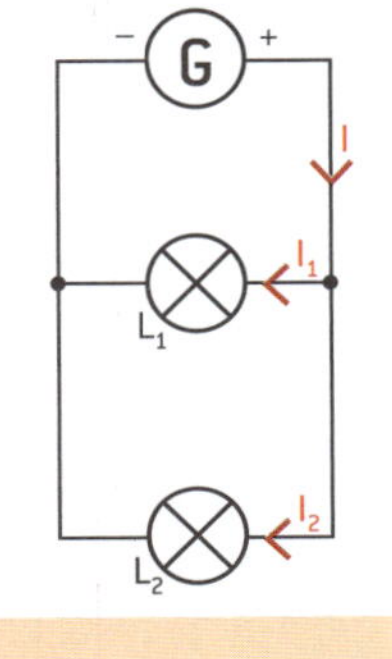

$I = I_1 + I_2$

BILAN de la séquence 4

Pour chaque question, coche la (ou les) bonne(s) réponse(s).
Ensuite, reporte-toi aux corrigés du livret détachable (page 10) et inscris ton score sur 10.

Français

1 La forme correcte est :

- **a.** je crains. ☐
- **b.** tu crainds. ☐
- **c.** il craind. ☐

2 Quel type de verbes se construit toujours avec un attribut ?

- **a.** les verbes irréguliers ☐
- **b.** les verbes pronominaux ☐
- **c.** les verbes d'état ☐

3 Dans quelle phrase le groupe souligné est-il attribut du sujet ?

- **a.** M. Ibrahim habite rue Bleue. ☐
- **b.** M. Ibrahim va adopter Momo. ☐
- **c.** M. Ibrahim reste toujours calme. ☐

Maths

4 $(x - 2)(x + 1)$ est égal à :

- **a.** $x^2 - x - 2$ ☐
- **b.** $x^2 - 2x - 2$ ☐
- **c.** $x^2 - 2$ ☐

5 $\frac{6 - 2x}{3} - \frac{x - 1}{2}$ est égal à :

- **a.** $\frac{7 - 3x}{6}$ ☐
- **b.** $\frac{15 - 7x}{6}$ ☐
- **c.** $\frac{9 - 7x}{6}$ ☐

6 Soit $Y = (x - 2)(3x - 4) - 2(4 - 5x)$. Y est égal à :

- **a.** $3x^2 - 20x$ ☐
- **b.** $3x^2$ ☐
- **c.** $3x^2 + 16$ ☐

Anglais

7 Quelle est la bonne traduction de *« Je suis plus intelligent que toi. »* ?

- **a.** I am cleverer than you. ☐
- **b.** I am more clever than you. ☐
- **c.** I am the most clever than you. ☐

8 Quelle phrase traduit : *« Les notes de Jay sont pires que les miennes ! »* ?

- **a.** Jay's marks are badder than mine! ☐
- **b.** Jay's marks are more bad than mine! ☐
- **c.** Jay's marks are worse than mine! ☐

SVT

9 Le risque sismique est l'éventualité que :

- **a.** un volcan dangereux provoque des dégâts. ☐
- **b.** un séisme dangereux provoque des dégâts. ☐
- **c.** un séisme survienne sans présenter de danger. ☐

Physique

10 Dans un circuit en série, on peut appliquer :

- **a.** la loi d'additivité des intensités. ☐
- **b.** la loi d'unicité des intensités. ☐
- **c.** la loi de multiplicité des intensités. ☐

Total .... / 10

Séquence 5

◀ **Sempé**, *Le Monde de Sempé*, Éditions Denoël, 2002.

Le cours

Jean-Jacques Sempé est un dessinateur humoristique français né en 1932. Il a travaillé pour les presses française et américaine et a publié plusieurs albums, dont est extrait ce dessin. C'est aussi lui qui a illustré tous les romans du *Petit Nicolas* écrits par Goscinny.

Lecture et compréhension

1 Complète ces phrases avec l'explication qui convient.

a. Les élèves se sont réfugiés au fond de la classe car…

b. Le deuxième dessin est un plan rapproché qui…

c. Le deuxième dessin ne montre pas les élèves car…

d. L'humour repose sur un sous-entendu car…

e. Ce dessin est satirique car…

1. … les élèves expriment, par leur comportement, que les expériences du professeur ratent souvent.

2. … montre le professeur concentré sur son travail et ne se doutant pas de ce qui se passe dans son dos.

3. … il représente le point de vue du professeur, ce qui prépare la surprise finale.

4. … il ridiculise la maladresse du professeur.

5. … ils ont peur de l'expérience du professeur.

a. …… / **b.** …… / **c.** …… / **d.** …… / **e.** ……

Vocabulaire

2 Complète ces phrases avec des synonymes de *dessin* : *caricatures, schéma, gribouillis, ébauche*.

a. Léo, trois ans, est très fier des .... dont il a barbouillé le mur de sa chambre.

b. Les journaux satiriques publient des .... de personnes célèbres.

c. Avant de peindre, le peintre trace une première .... au crayon.

d. En SVT, on a dessiné le .... de l'appareil respiratoire.

3 Modifie le suffixe de ces noms pour en faire des verbes.

a. une esquisse → ....
b. un crayon → ....
c. une gravure → ....
d. un schéma → ....

Orthographe

4 Choisis la bonne terminaison du verbe : *-er* ou *-é*.

Sempé a souvent dessin...... pour le *New Yorker* ou *Paris Match*. Il a aussi collabor...... avec l'écrivain Patrick Modiano pour racont...... l'histoire de Catherine Certitude, une petite fille rêveuse qui a l'habitude d'ôt...... ses lunettes pour mieux rêv...... le monde. Mais c'est seul que Sempé a cré...... les romans *Marcellin Caillou* et *Raoul Taburin* : il en a dessin...... les illustrations et aussi invent...... les textes.

Grammaire

5 Souligne les verbes de ces phrases. Mets les propositions entre crochets. Sont-elles coordonnées ou juxtaposées ?

a. Marcellin Caillou n'est pas un garçon comme les autres : il rougit sans raison.

Propositions .... b. Il a consulté différents médecins mais aucun ne l'a guéri. Propositions ....

Pourrait-on remplacer la conjonction de coordination et les deux points par un point ? ☐ Oui ☐ Non

6 Mets les propositions de ces phrases entre crochets. Entoure la conjonction de subordination. Souligne la proposition subordonnée.

a. Cela ne rend pas Marcellin malheureux parce que personne ne se moque de lui.
b. Alors qu'il rentre chez lui, il fait connaissance avec son nouveau voisin.

Pourrait-on remplacer la conjonction de subordination par un point ? ☐ Oui ☐ Non

RAPPEL DE COURS

L'infinitif *-er* ou le participe passé *-é* ?

Pour savoir si un verbe se terminant par le son [e] s'écrit *-er* ou *-é*, il suffit de le **remplacer** par un verbe d'un autre groupe (par exemple, *faire* ou *prendre*).

> ***Ex.*** J'ai surveill**é** [pris] les enfants sur la plage.
> On ne dit pas « J'ai prendre » : il s'agit donc d'un participe passé.
> J'aime escalad**er** [franchir] les montagnes.
> On ne dit pas « J'aime franchi » : il s'agit donc de l'infinitif.

La phrase complexe

Une phrase complexe comporte **au moins deux propositions** (et donc deux noyaux verbaux).

• Les propositions peuvent être des **indépendantes** reliées :
– par juxtaposition (avec une virgule, deux-points ou un point-virgule) ;

> ***Ex.*** [Les élèves s'éloignent] **:** [ils ont peur de l'expérience].
> Les deux propositions sont juxtaposées.

– ou par coordination (avec une conjonction de coordination : *mais, ou, et, donc, or, ni, car*).

> ***Ex.*** [Ils s'éloignent] **car** [ils ont peur de l'expérience].
> Les deux propositions sont coordonnées.

• Une proposition peut être dépendante de l'autre : elle est **subordonnée** à la proposition principale. Elle est introduite par une conjonction de subordination (*que, parce que*, etc.) ou un pronom relatif (*qui, que, dont*, etc.).

> ***Ex.*** [Ils s'éloignent] [**parce qu'**ils ont peur de l'expérience].
> proposition principale — proposition subordonnée

Vive la

RAPPEL DE COURS

Tableau de proportionnalité

Soit a, b, c, a', b' et c' des nombres non nuls.

« Le tableau ci-contre est un **tableau de proportionnalité** » signifie qu'il existe un nombre k tel que $a' = ka$, $b' = kb$, $c' = kc$, c'est-à-dire $\frac{a'}{a} = \frac{b'}{b} = \frac{c'}{c} = k$.

a	b	c
a'	b'	c'

k est le **coefficient de proportionnalité**.

Représentation graphique

- **Propriété** : une **situation de proportionnalité** est représentée par des **points alignés sur une droite qui passe par l'origine du repère**.
- **Propriété réciproque** : un graphique dont les points sont alignés avec l'origine du repère représente une situation de proportionnalité.

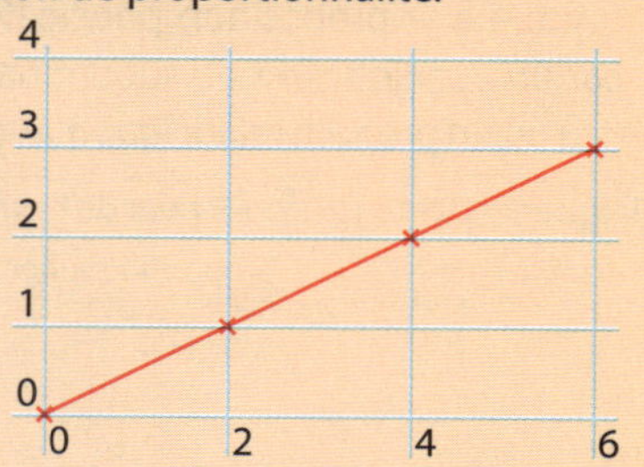

Proportionnalité et produit en croix

Soit a, b, c et d des nombres.
On considère le tableau ci-contre.

a	b
c	d

- Si ce tableau est un **tableau de proportionnalité**, alors $ad = cb$.
- Si $ad = cb$, alors ce tableau est un tableau de proportionnalité.
- **Quatrième proportionnelle** : si on connaît 3 des nombres a, b, c et d d'un tableau de proportionnalité, alors le quatrième nombre est la quatrième proportionnelle.

Des blocs de granit ...

1 Laurie et Jonathan se promènent le long d'une côte granitique en Bretagne. Le granit est une roche cristalline formée d'un mélange hétérogène de quatre éléments.

a Ils ramassent un bloc de granit composé de :
- 28 % de quartz,
- 53 % de feldspath,
- 11 % de biotite,
- 19,2 dm^3 de minéraux secondaires.

- **Quel est le pourcentage des minéraux secondaires ?**

....

- **Calcule le volume du bloc.**

Pense au produit en croix.

....

....

b Un mètre cube de granit a pour masse 2,6 tonnes. Calcule la masse du bloc de granit de la question **a**.

....

2 **Les tableaux suivants sont-ils des tableaux de proportionnalité ?**

25	40
30	48

30	22,25
12	9

....
....
....

a .... **b** ....

3 **Trouve x, y et z pour que les tableaux suivants soient des tableaux de proportionnalité.**

a ....
....

234	78
24	x

b ....
....
....

y	$\frac{1}{6}$
$\frac{14}{3}$	$\frac{7}{5}$

c ....
....

2,1	z
3,6	15

Bretagne !

... aux blocs de glace

4 L'eau, en gelant, augmente de volume. Le segment de droite ci-contre représente le volume de glace (en litres) obtenu à partir d'un volume d'eau liquide (en litres).

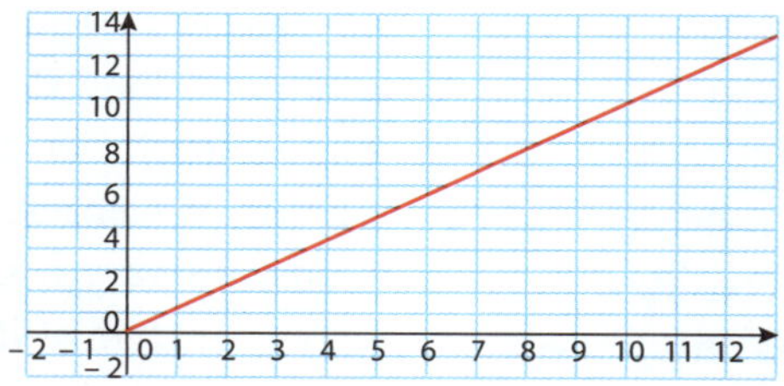

a Réponds aux questions suivantes en utilisant le graphique.

- **Quel est le volume de glace obtenu à partir de 6 litres de liquide ?** ....
- **Quel volume d'eau liquide faut-il mettre à geler pour obtenir 10 litres de glace ?** ....

b **Le volume de glace est-il proportionnel au volume d'eau liquide ? Justifie ta réponse.** ....

....

c On admet que 10 litres d'eau donnent 10,8 litres de glace.
De quel pourcentage ce volume d'eau augmente-t-il en gelant ?

....

5 Les trois pales d'une éolienne décrivent un disque en tournant. On considère que la longueur des pales est le rayon de ce disque.

a **Calcule l'aire de ce disque avec des pales de 44 m.**

....

....

aire = $\pi \times r^2$

- **Même question avec des pales de 66 m.**

....

....

b On admet que la puissance de l'éolienne est proportionnelle à l'aire du disque décrit par les pales.
Par quel nombre va-t-on multiplier la puissance fournie si on utilise des pales de 66 m au lieu de 44 m ?

....

....

L'EXO RIGOLO

6 Soit a et b les dimensions d'un rectangle exprimées dans la même unité. On diminue a de 10 % et on augmente b de 10 %. On obtient un nouveau rectangle.
L'aire du nouveau rectangle est-elle plus petite, égale ou plus grande que l'aire du rectangle initial ?

Exprime les dimensions du nouveau rectangle en fonction de a et de b.

....

L'EXO COSTAUD

7 On considère la piste de roller-skates ci-dessous représentée par l'arc $\overset{\frown}{AC}$ et le segment $[CD]$ (unité = mètre).
Les points A, B et C sont sur le cercle (C) de centre O et de 3 m de rayon. L'angle $\widehat{AOB}$ est droit, $\widehat{BOC} = 40°$ et $CD = 6{,}5$.

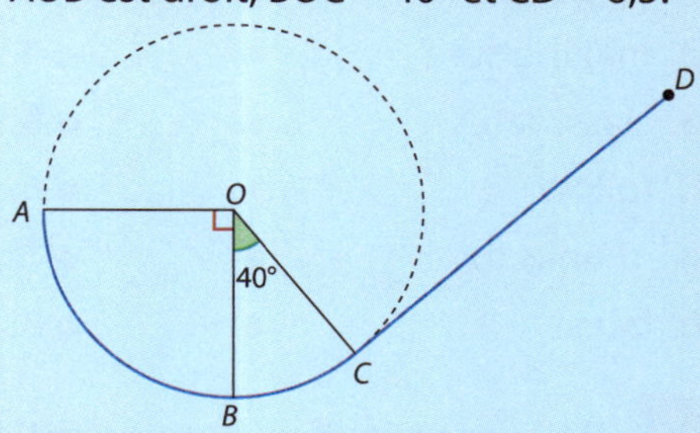

a **Calcule la longueur de l'arc $\overset{\frown}{AC}$.**

....

....

....

....

Utilise la proportionnalité entre la longueur d'un arc de cercle et l'angle au centre correspondant.

b **Déduis-en la longueur de la piste. Donne la valeur arrondie, au décimètre près.**

....

....

Are you a

Nowadays, **many** teenagers love fashion! **Quite a few** of them can even be considered as "fashion victims". Boys are often fussy[1] about their clothes: they choose them very carefully, making sure they buy **the** fashionable brand names[2], shapes and colours. There are **a lot of** different brand names to choose from and girls follow **the** latest trends[3] thanks to influencers, websites and magazines.

Few teenagers admit it, but they often wear **a** sort of uniform: jeans and tops. The type of jeans changes – turn-up, slim, skinny… – depending on **the** season's trends and **the** tops too: crop-tops, tight tops, long-sleeved[4] or sleeveless[5], short or long, colourful or plain[6]… but when you look at **a** group of teenagers at school, **the** latest fashion trends are very visible. Only **a few** youngsters ignore the style of **the** moment because peer pressure[7] is strong: being mocked by classmates, especially when you're **a** teenager, is hard to accept.

---

1. be fussy about : *être difficile en ce qui concerne.*
2. brand names : *les marques.* **3.** *tendances.*
4. *à manches longues.* **5.** *sans manches.* **6.** *uni.*
7. peer pressure : *l'influence du groupe.*

Comprendre

1 Relie ces mots à leur traduction.

a. quite a few of them •	• **1.** camarades de classe
b. hard •	• **2.** grâce aux
c. carefully •	• **3.** avec soin
d. making sure •	• **4.** s'assurant
e. classmates •	• **5.** un certain nombre d'entre eux
f. follow •	• **6.** difficile
g. thanks to •	• **7.** les plus récentes
h. latest •	• **8.** suivent

2 Relie ces vêtements au qualificatif qui leur correspond (plusieurs réponses possibles).

a. •

• **b.**

c. •

d. •

e. •

f. •

• **1.** turn-up jeans •
• **2.** crop-top •
• **3.** colourful •
• **4.** regular jeans •
• **5.** long-sleeved •
• **6.** slim jeans •
• **7.** short-sleeved •
• **8.** tight top •
• **9.** plain •

Mots et expressions

La mode

fashion *la mode*
fashionable *à la mode*
trendy *tendance*
old-fashioned *démodé*
smart *chic, habillé*
tight *étroit, serré*
clinging *moulant*
loose-fitting *ample*

Les vêtements

trainers (GB)
= sneakers (US) *baskets*
heels *talons*
clothes *vêtements*
jumper = pullover = sweater *pull*
trousers *pantalon* **shorts** *short*
shirt *chemise* **blouse** *chemisier*
skirt *jupe* **dress** *robe*
It fits / It doesn't fit. *C'est / Ce n'est pas la bonne taille.*
It suits you / It doesn't suit you. *Ça te va bien / Ça ne te va pas.*
get dressed ≠ undressed *s'habiller ≠ se déshabiller*
take off *enlever* **put on** *mettre*
try on *essayer*

fashion victim?

S'entraîner

3 **Complète avec l'article zéro (Ø) ou l'article défini *the*.**

a. In England, ... pupils wear a uniform to ..... school.

b. In France, ... pupils wear what they want!

c. .... teenagers often wear turn-up jeans.

d. I want to wear .... jeans that I bought today.

e. My cousins always wear .... latest fashion trends.

4 **Complète avec l'article indéfini *a* ou *an*.**

a. My father is .... artist, he designs clothes.

b. I have .... tank top and .... elegant pair of jeans.

c. My friend is wearing .... orange T-shirt.

d. I wouldn't like to wear .... uniform.

5 **Complète avec le quantifieur qui convient : *few*, *a few*, ou *little*.**

a. He only has .... nice T-shirts.

b. Boyfriends show .... patience when shopping.

c. I've got very .... expensive clothes.

6 **Complète avec le quantifieur qui convient : *much* ou *many*.**

a. I haven't got .... pairs of jeans.

b. I don't spend .... time shopping, it's so boring!

c. My cousins have .... expensive clothes!

d. My parents haven't .... tolerance for fashion!

RAPPEL DE COURS

L'article défini / l'article zéro (Ø)

• Pour exprimer une généralité en anglais, on n'emploie pas d'article = **article zéro** (**Ø**).

Ex. Even Ø boys... and Ø girls...
Même les garçons... et les filles...
Ø Children and Ø teenagers...
Les enfants et les adolescents...

• On emploie ***the*** devant les noms définis par un adjectif qualificatif, un relatif ou les circonstances.

Ex. **the** fashionable brand names *les marques à la mode*
the season's trends *les tendances de la saison*

L'article indéfini

• On utilise ***a*** / ***an*** devant un nom dénombrable singulier ou devant un métier. On ne met pas d'article indéfini au pluriel.

Ex. **a** group of teenagers *un groupe d'ados*
when you're **a** teenager *quand on est adolescent*
Ø classmates *des camarades de classe*

• On écrit ***a*** devant un **son** consonne, ***an*** devant un **son** voyelle. ⚠ **u** prononcé [j] peut être un son consonne.

Ex. **a** T-shirt – **an** artistic top – **a** uniform

Les quantifieurs

➤ *Much, (a) little – Many, (a) few – A lot of, lots of*

• ***Much*** = beaucoup de et **(a) little** = (un) peu de
On les emploie devant des noms **indénombrables** (que l'on ne peut pas compter) au **singulier**, pour quelque chose de global, concret ou abstrait.

Ex. little tolerance *peu de tolérance*
much money *beaucoup d'argent*
a little milk *un peu de lait*

• ***Many*** = beaucoup, ***a few*** = quelques et ***few*** = peu
Ils s'emploient avec des noms **dénombrables** au **pluriel**.

Ex. **many** teenagers *beaucoup d'adolescents*
a few of them *quelques-uns d'entre eux*
few teenagers *peu d'ados*
a few youngsters *quelques jeunes*

• ***A lot of*** / ***lots of*** = beaucoup de (langue parlée)

Ex. a lot of brand names *beaucoup de marques*

La révolution industrielle

RAPPEL DE COURS

Les deux phases d'industrialisation

- La **première industrialisation** (vers 1850) repose sur le charbon. Il alimente les nouvelles machines à vapeur qui permettent la mécanisation de la production textile : le linge est tissé avec des métiers mécaniques, dans des usines. Le charbon est aussi utilisé dans la fabrication de l'acier (la sidérurgie).
- La **seconde industrialisation** (à partir de 1880) se caractérise par l'utilisation de deux nouvelles sources d'énergie : le pétrole et l'électricité.

Une société en mutation

- L'**augmentation de la population européenne** s'accélère au XIXe siècle (187 millions d'habitants en 1800 et 401 millions en 1900). Cette **croissance démographique** s'explique par la baisse du taux de mortalité dû aux **progrès de l'hygiène et de la médecine** (Pasteur crée le vaccin contre la rage en 1885), mais aussi par les **progrès de l'agriculture**.
- L'**urbanisation** accompagne l'industrialisation, car les paysans quittent la campagne pour chercher un emploi dans les usines des villes (c'est l'**exode rural**). Pour accueillir les nouveaux arrivants, les villes s'agrandissent et on construit des banlieues ouvrières.
- Les conditions de travail et de vie sont pénibles pour les ouvriers : ils travaillent quinze heures par jour et touchent des salaires très faibles.

Les progrès des transports

- L'industrialisation permet la **création du chemin de fer** dont les premières lignes, construites en Angleterre puis en France, couvrent de courtes distances.
- Les transports se développent ensuite tout au long du siècle, sur terre comme sur mer : les marchandises circulent en plus grande quantité, les régions spécialisent leurs productions, les hommes se déplacent en plus grand nombre et plus loin, les informations circulent plus rapidement.
- La fin du siècle voit ensuite l'apparition des **premières voitures**.

1 **Reconstruis les phrases en reliant le début de chaque phrase de la colonne de gauche à la fin qui lui correspond, colonne de droite.**

La « révolution industrielle » repose sur •	• l'exode rural.
La mécanisation s'accompagne de la création •	• de nouvelles énergies (charbon, pétrole, électricité).
L'urbanisation s'accélère avec •	• les échanges de marchandises et les déplacements des personnes.
La création des chemins de fer facilite •	• des premières usines.

2

La Gare Saint-Lazare à Paris, Claude Monet, 1877.

1. train à vapeur qui arrive en gare – **2.** train qui quitte la gare – **3.** rails – **4.** quai de la gare – **5.** charpente en acier – **6.** verrière – **7.** vapeur – **8.** nouveaux immeubles du quartier de l'Europe – **9.** pont de l'Europe

a. Relève dans le tableau deux informations qui rappellent que les progrès réalisés au XIXe siècle ont été rendus possibles par l'utilisation du charbon.

....

....

b. Quelles sont les principales transformations dans les villes au XIXe siècle ?

....

....

Le tourisme et ses espaces

1

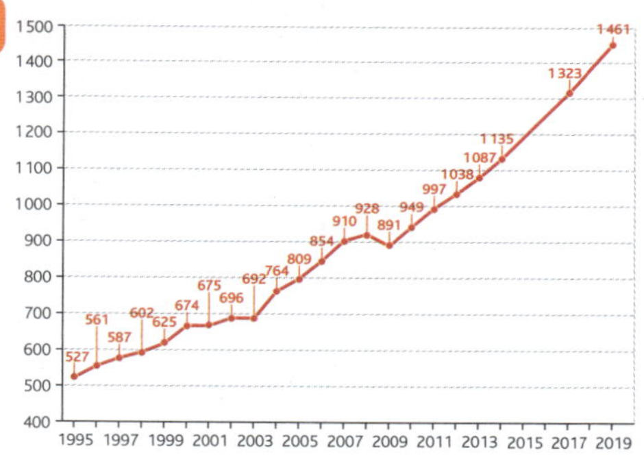

L'évolution du nombre de touristes internationaux dans le monde (en millions de touristes).

a. Quel est le nombre de touristes internationaux en 1995 ? En 2019 ?

....

b. Quelle a donc été l'évolution du nombre de touristes internationaux dans le monde de 1995 à 2019 ?

....

2 Vrai ou faux ?

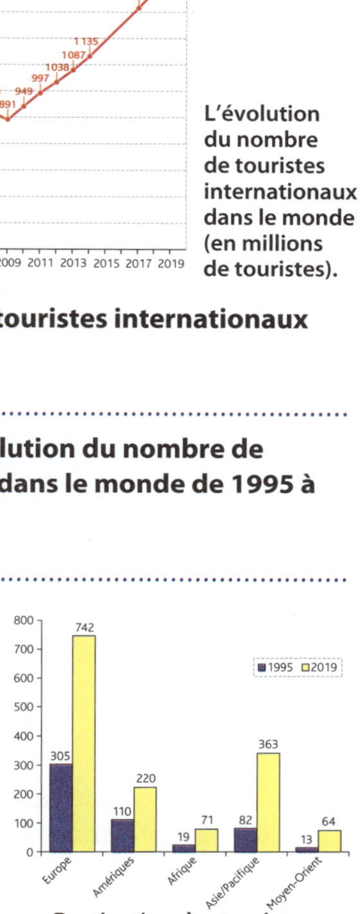

Destination des touristes (en millions) dans le monde.

a. La région qui accueille le plus de touristes est l'Europe.

....

b. Le nombre de touristes a augmenté dans toutes les régions. ....

c. Les Amériques ont connu la plus forte augmentation du nombre de touristes. ....

d. L'Asie/Pacifique a dépassé les Amériques comme région d'accueil. ....

3 Cite les aménagements réalisés pour que cette station balnéaire puisse attirer de nombreux touristes.

La Grande-Motte, une station balnéaire du Sud de la France.

RAPPEL DE COURS

De plus en plus de touristes dans le monde

- La multiplication des moyens de transport rapides et de longue distance, l'amélioration des conditions de vie et l'essor de la société de consommation ont entraîné la **multiplication des flux touristiques**, ralentie depuis le début de la crise sanitaire (Covid-19).
- Les principales régions de départ et d'accueil des touristes se situent dans les **pays riches**, mais les régions touristiques se développent de plus en plus dans les pays du Sud.
- Les flux internationaux se multiplient, mais les migrations au sein d'un même pays demeurent importantes.

Le tourisme transforme les territoires

- Les **littoraux** et les **montagnes** sont les espaces les plus fréquentés par les touristes. L'essor de l'activité touristique a entraîné la création de **stations balnéaires** et de **stations de sports d'hiver**. Leurs nombreuses constructions (immeubles résidentiels, hôtels, commerces et restaurants, routes, aménagements de plages, créations de pistes de ski) ont **dégradé les paysages**.
- Le tourisme se développe aussi dans les villes. Les sites les plus visités sont les **centres-villes** qui sont riches en musées. Les parcs d'attraction attirent également de nombreux touristes.
- Le **tourisme de masse** menace l'environnement (pollution liée à la circulation automobile, à la multiplication des déchets) et détruit parfois la faune et la flore (par exemple en mer Méditerranée).
- Pour limiter les excès du tourisme de masse, certains responsables de sites tentent de promouvoir un **tourisme durable**. Il s'agit d'un tourisme plus respectueux de la nature et soucieux de préserver les intérêts des populations locales. L'**écotourisme** (promenade en nature, VTT, trekking) se développe ainsi dans les espaces ruraux.

....

....

BILAN de la séquence 5

Pour chaque question, coche la (ou les) bonne(s) réponse(s).
Ensuite, reporte-toi aux corrigés du livret détachable (page 12) et inscris ton score sur 10.

Français

1 Pour reconnaître à l'oral un infinitif en *-er* :

a. on le remplace par l'infinitif d'un verbe d'un autre groupe. ☐
b. on le met au pluriel. ☐
c. on le conjugue à l'imparfait. ☐

2 Dans quelle phrase y a-t-il une faute ?

a. Marcellin s'est lié d'amitié avec René. ☐
b. René ne cesse d'éternué. ☐
c. Marcellin n'est jamais enrhumé. ☐

3 Dans la phrase « Le professeur ne se rend compte de rien car il est très concentré. » :

a. les propositions sont juxtaposées. ☐
b. les propositions sont coordonnées. ☐
c. une des propositions est subordonnée à l'autre. ☐

Maths

4 Un objet coûtant 127 € augmente de 5 %. Le nouveau prix est alors de :

a. 132 € ☐
b. 127,05 € ☐
c. 133,35 € ☐

5 En 3e A, sur 30 élèves, il y a 40 % de filles. En 3e B, sur 20 élèves, il y a 60 % de filles. Lorsque les deux classes sont réunies, quel est le pourcentage de filles dans le groupe ?

a. 36 % de filles ☐
b. 48 % de filles ☐
c. 50 % de filles ☐

6 On considère le tableau de proportionnalité suivant :

1,4	3,5
x	1,3

La quatrième proportionnelle x vaut :

a. 5,2 ☐ **b.** 0,052 ☐ **c.** 0,52 ☐

Anglais

7 La phrase correcte est :

a. The teenagers wear jeans. ☐
b. Teenagers wear the jeans. ☐
c. Teenagers wear jeans. ☐

8 Dans quelle phrase placerais-tu l'article indéfini « *a* » ?

a. My father is … funny. ☐
b. My father is … doctor. ☐
c. My father is … artistic manager. ☐

Histoire

9 Sur quelle source d'énergie repose la première phase d'industrialisation ?

a. Le charbon. ☐
b. Le pétrole. ☐
c. L'électricité. ☐

Géographie

10 Le tourisme durable est :

a. un tourisme de longue durée. ☐
b. un tourisme dans la nature. ☐
c. un tourisme soucieux de respecter la nature. ☐

Total …. / 10

Séquence 6

Notre

En 1945, donc, le chewing-gum c'est quelque chose d'extrêmement précieux. Personnellement, mon premier chewing-gum m'a duré deux semaines. Je le rangeais soigneusement chaque soir dans le tiroir de ma table de nuit pour le retrouver au matin, totalement insipide[1] mais, c'est cela qui importe, toujours élastique.

Cet hiver, la pénurie[2] est si grande que je le partage avec Franck : il mâche les jours pairs, je mâche les jours impairs. Malheureusement, au cours d'une récréation, alors que je joue au prisonnier, une bourrade plus violente que les autres me fait avaler la précieuse boulette. Je reste pétrifié au milieu de la cour.

« Qu'est-ce que t'as, Jo ? »

Je n'ose pas répondre. Ils sont tous autour de moi.

« Qu'est-ce que t'as, mec ? Accouche…

– Mon chouingom, dis-je, du coup, perdant mon semblant d'accent yankee.

– Ben quoi, ton chouingom ?

– Je l'ai avalé. »

Je sens leurs yeux vaguement apitoyés. Franck me remonte le moral à sa manière. Un sadique !

« Ma mère dit que ça colle les boyaux et qu'on peut en mourir.

– Forcément, dit Cottard, ça colle aux parois et ça fait des fils, alors tout ce que tu bouffes, ça passe plus, ça reste au-dessus. »

Ils tournent autour de moi comme si j'étais une statue de musée. […]

Voilà M. Maillard, le maître.

« Qu'est-ce qu'il se passe, Joseph ? »

Il a remarqué que cela fait cinq bonnes minutes que je suis immobile au milieu de la cour ; comme ce n'est pas dans mes habitudes, il vient aux nouvelles.

C'est un brave homme, la retraite est proche, sa blouse est aussi grise que sa moustache.

« J'ai avalé mon chouingom. »

Il se gratte la tête et a envie de dire quelque chose, mais il doit surprendre l'anxiété dans mes yeux, aussi sourit-il en tripotant son sifflet.

« Avec un peu de chance, tu le récupéreras demain matin. »

J'imagine le trajet du chewing-gum. Me voilà sauvé !

Joseph Joffo,
Baby-Foot, Jean-Claude Lattès, 1977.

1. *sans goût.* 2. *manque.*

Lecture et compréhension

1 Souligne, dans le texte, les passages qui précisent la cause des trois réactions de Joseph.

a. Il est pétrifié. b. Il est très inquiet. c. Il est soulagé.

2 Pourquoi *chewing-gum* est-il écrit *« chouingom »* ?

☐ Joseph ne connaît pas l'orthographe de ce mot.
☐ Joseph ne sait pas prononcer ce mot étranger.
☐ Joseph est si troublé qu'il oublie d'imiter l'accent américain.

3 *« Franck me remonte le moral à sa manière. »* Comment faut-il comprendre cette phrase ?

☐ Franck cherche sincèrement à réconforter Joseph.
☐ La phrase est ironique : Franck ne cherche pas à réconforter Joseph.

chouingom

Vocabulaire

4 Parmi cette liste de mots, souligne ceux qui commencent par un préfixe à valeur négative.

insipide – immobile – importer – impair – imaginer

Orthographe

5 Le préfixe *in-* subit des modifications devant certaines lettres. Retrouve lesquelles en observant les mots suivants et complète la règle.

illogique – immérité – irrespect – inaccessible – imbattable – improbable

a. Le préfixe *in-* devient *im-* devant les lettres ....

b. Le préfixe *in-* devient *ir-* devant la lettre ....

c. Le préfixe *in-* devient *il-* devant la lettre ....

6 Complète chaque adjectif avec le préfixe qui convient pour obtenir un adjectif de sens opposé.

a. ....occupé

b. ....buvable

c. ....responsable

d. ....mangeable

e. ....patient

f. ....légal

RAPPEL DE COURS

L'orthographe du préfixe *in-*

Regarde le corrigé de l'exercice 5.

Les propositions subordonnées circonstancielles

• Elles apparaissent dans des **phrases complexes**, c'est-à-dire celles qui ont au moins deux noyaux verbaux.

Ex. Joseph **est** inquiet parce qu'il **a avalé** son chewing-gum.

• Elles sont introduites par une **conjonction de subordination**.

Ex. Parce que, pendant que, puisque, dès que, si … que, comme, etc.

• Ces propositions peuvent être **supprimées** et souvent **déplacées**.

Ex. ~~[Quand il fait beau]~~, les élèves jouent dans la cour.
Les élèves jouent dans la cour **[quand il fait beau]**.

• Ces propositions expriment différentes circonstances :

– le **temps** ;

Ex. Quand on tient à quelque chose, on en prend soin.

– la **cause** ;

Ex. Comme ce produit est rare, il est précieux.

– la **conséquence** ;

Ex. La situation est si grave qu'il faut l'opérer.

– la **comparaison**.

Ex. Les élèves le regardent comme s'il était une bête curieuse.

Grammaire

7 Dans ces phrases, souligne la conjonction de subordination et mets la subordonnée entre crochets. Puis précise la circonstance exprimée.

a. Le manque de chewing-gums est si grand que je partage le mien avec Franck. → ....

b. Ils tournent autour de moi comme si j'étais une statue de musée. → ....

8 Relie ces couples de phrases avec une conjonction.

a. En 1945, les Américains ont été acclamés. Ils apportaient la paix.

....

b. Un produit inconnu apparaît. Des rumeurs inquiétantes courent sur son compte.

....

RAPPEL DE COURS

Égalité et opérations

- Quels que soient les nombres relatifs a, b et c,
$a = b$ équivaut à $a + c = b + c$ et $a - c = b - c$.

Ex. $x + 3 = -4$ équivaut à $x + 3 - 3 = -4 - 3$
c'est-à-dire $x = -7$.

- Quels que soient les nombres relatifs a, b et $c \neq 0$,
$a = b$ équivaut à $a \times c = b \times c$ et $\frac{a}{c} = \frac{b}{c}$.

Ex. $-\frac{2}{3}x = \frac{7}{11}$ équivaut à $-\frac{2}{3}x \times -\frac{3}{2} = \frac{7}{11} \times -\frac{3}{2}$
c'est-à-dire $x = -\frac{21}{22}$.

Résolution d'équation

- On appelle solution d'une équation un nombre qui rend vraie l'égalité.

Ex. -3 est une solution de l'équation $x^2 = 9$
car $(-3)^2 = 9$. Il y en a peut-être d'autres.

- **Résoudre** une équation, c'est trouver **toutes ses solutions.** Pour cela, on utilise les propriétés précédentes.
- Attention : on écrit « je résous », « il résout ».

Ex. Résous $-\frac{1}{2}x + 3 = \frac{2}{3}$.

$-\frac{1}{2}x + 3 = \frac{2}{3}$

$-\frac{1}{2}x = \frac{2}{3} - 3$

$-\frac{1}{2}x = -\frac{7}{3}$

$x = -\frac{7}{3} \times -2$

$x = \frac{14}{3}$

La solution de l'équation est $\frac{14}{3}$.

En

Des souvenirs de randonnée

1 Martin et Margaux font une randonnée de trois jours de 33 km. Le 1er jour ils parcourent x km. Le 2e jour ils parcourent 3 km de moins et le 3e jour ils parcourent le double du 1er jour.

a **Exprime en fonction de x :**

- **la distance parcourue le 2e jour :**

....

- **la distance parcourue le 3e jour :**

....

b **Quelle distance ont-ils parcourue le 1er jour ?**

....

2 Dans une boutique de souvenirs, Martin hésite entre acheter des porte-clés ou des blasons autocollants. Un porte-clés coûte 1€ de plus qu'un blason. Martin calcule que s'il achète quatre porte-clés, il lui restera 2€. Par contre, il lui manque 3€ pour acheter 6 blasons. On appelle x le prix d'un blason.

a **Associe les expressions en français aux expressions mathématiques correspondantes.**

Une des expressions en français peut être associée à deux expressions mathématiques.

	• $6x$
Prix d'un porte-clés •	• $6x - 3$
Prix de 6 blasons •	• $x + 1$
Prix de 4 porte-clés •	• $4(x + 1) + 2$
Somme dont Martin dispose •	• $4(x + 1)$

b **Écris l'équation dont le prix du blason est solution et résous-la.**

....

- **Quel est le prix d'un blason ?** ....
- **Quel est le prix d'un porte-clés ?**

....

montagne !

On commence par le début ou par la fin ?

3 Lorsque Margaux et ses parents sont partis, le réservoir de leur voiture était plein. Ils en ont utilisé le tiers puis les trois quarts de ce qui restait. À la fin, il ne reste que 7 litres d'essence.

Quelle est la contenance du réservoir ?

On appelle x la contenance du réservoir en L et on traduit l'énoncé par une équation.

....

....

....

....

4 Martin et Margaux partent en randonnée avec deux sacs de même poids. Au pique-nique de midi, après avoir mangé toute la nourriture qui se trouvait dans le sac de Margaux, ils remarquent que ce sac pèse alors les deux tiers du poids du sac de Martin qui n'a pas changé depuis le départ. Ils rééquilibrent alors les deux sacs pour qu'ils pèsent le même poids, en transférant des vêtements du sac de Martin dans le sac de Margaux. À la fin de la randonnée, ils ont épuisé toutes les provisions et le sac de Martin pèse alors les trois quarts du poids du sac de Margaux, c'est-à-dire 500 g de moins.

a **Soit x le poids des sacs au départ en grammes. Complète le tableau suivant qui rend compte des différentes étapes.**

	Poids du sac		
	de Martin	de Margaux	
Départ	....	....	
Après le pique-nique	....	....	Somme : ....
Après rééquilibrage	(en vêtements et nourriture)	(en vêtements)	
Arrivée	....	....	Différence : ....

b **Quel était le poids des sacs de Martin et de Margaux au départ ?**

....

L'EXO RIGOLO

5 En additionnant l'âge de sa maman aux âges du frère et de la sœur de Margaux, Martin obtient 85 ans. On sait que la maman de Martin a le double de l'âge de la sœur de Margaux et que le frère de Margaux a 15 ans de moins que la maman de Martin.

Trouve l'âge de chacun.

On appelle x l'âge de la maman et on traduit l'énoncé par une équation.

....

....

....

L'EXO COSTAUD

6 Martin et Margaux choisissent ensemble un même nombre qu'ils tapent sur leurs calculatrices. On appelle x ce nombre.

Martin appuie ensuite sur les touches suivantes de sa calculatrice : [×] [1] [2] [−] [2] [9] [=]

Margaux appuie ensuite sur les touches suivantes de sa calculatrice : [+] [1] [=] [×] [8] [+] [9] [=]

Martin et Margaux obtiennent tous les deux le même résultat.

Quel nombre Martin et Margaux ont-ils choisi au départ ?

....

....

Traduis les deux séquences calculatrice pour obtenir une équation.

Science is

We learn more about science every day. There are articles **which** tell us about new discoveries, scientists **who** create new treatments for cancer or AIDS[1], or develop vaccines for Covid-19, astronomers **who** find new planets or stars, or physicists **who** discredit Einstein's theory (E = mc2) **which** determines most of our modern physics. It is a good thing **that** we are informed of such developments. The scientists **whose** articles we read are normal people but the progress (**Ø**) they make is very important for our everyday life...

That's why it's such a shame[2] (**Ø**) young people don't choose scientific careers more often[3]. There are so many different ones: biology, chemistry[4], physics, astronomy, medicine, mathematics, mechanics, archeology, economics, sociology... You can find fascinating jobs in each of these sciences, you know!

---

1. AIDS : *sida.* **2. It's such a shame!** *Quel dommage !* **3.** *souvent.* **4.** *chimie.*

Comprendre

1 Relie les mots à leur traduction.

a. discoveries •	• **1.** choisir
b. scientists •	• **2.** physicien(ne)s
c. to choose •	• **3.** étoiles
d. stars •	• **4.** quotidienne
e. physicists •	• **5.** scientifiques
f. everyday •	• **6.** découvertes

2 Fais correspondre ces pronoms relatifs avec leur équivalent français.

a. *which* tell us (l. 2) •	
b. *who* discover (l. 3) •	
c. *who* find (l. 4) •	• **1.** que
d. *that* we are (l. 8) •	• **2.** qui
e. *whose* articles (l. 9) •	• **3.** dont
f. *Ø* they make (l. 11) •	
g. *Ø* young people (l. 13) •	

Que peux-tu en déduire ?

« Que » se traduit plutôt par .... ou par .... alors que « qui » se traduit plutôt par .... ou par ...., cela dépend si l'on parle d'une personne ou non ». « Dont » se traduit par ....

Mots et expressions

Autour de la science

science *la science / les sciences*
a scientist *un(e) scientifique*
scientific *scientifique (adj.)*
an experiment *une expérience (scientifique)*
an experience *une expérience (personnelle ou professionnelle)*
an astronomer *un(e) astronome*
chemistry *la chimie*
a chemist *un(e) pharmacien(ne)*
an archeologist *un(e) archéologue*
a mechanic *un(e) mécanicien(ne)*
mechanics *la mécanique*

good for you!

S'entraîner

3 Choisis le pronom relatif approprié : *who* ou *which*.

a. This woman, ... is an astronomer, works in Hawaii.

b. Have you read the article .... explains everything about the Covid-19 pandemic?

c. He is a scientist .... works for NASA.

d. Science is an area .... offers interesting jobs to young people.

e. What is the name of the first man .... walked on the moon?

4 Choisis le pronom relatif approprié : *that* ou Ø.

a. The article .... you gave me to read is fascinating! (*fascinant*)

b. This is the discovery .... was mentioned by the teacher today.

c. The woman .... he was talking to is a doctor.

d. I know the book .... was used to prepare the conference.

5 Utilise *whose* ou Ø pour dire « dont ».

a. This is the magazine .... I was talking about.

b. Astrid X, ... blog is called "hideaway girl", writes about many interesting things.

c. She is the girl .... writing fascinates teenagers.

d. Astronomy is the science .... I dream of.

RAPPEL DE COURS

Les pronoms relatifs

Pour traduire les pronoms relatifs **qui** / **que**, on a plusieurs solutions en anglais :

- quand le pronom est **sujet**, c'est-à-dire suivi d'un **verbe**, il est obligatoire ; on utilise ***who*** pour les êtres humains et ***which*** pour les choses, les animaux, les idées…
Dans les deux cas, dans la langue parlée, on peut aussi utiliser ***that***.

Ex. I saw the woman **who** took the book **which** was on the table.
J'ai vu la femme qui a pris le livre qui était sur la table.

ou, à l'oral :

Ex. I saw the woman **that** took the book, the book **that** was on the table.

- quand le pronom relatif est **complément**, c'est-à-dire suivi d'un **nom** ou d'un **pronom**, le relatif est facultatif et donc très souvent supprimé ; on utilise alors le relatif **Ø**.

Ex. The man **Ø** I saw lives here.
L'homme que j'ai vu habite ici.
The girl **Ø** Anita was talking to is German.
La fille à qui Anita parlait est allemande.

- Pour traduire le relatif **dont**, on utilise ***whose*** quand il y a vraiment possession ou lien de parenté.

Ex. He's the man **whose** brother is on TV.
C'est l'homme dont le frère passe à la télévision.

Quand « dont » signifie simplement « à propos de / duquel / de laquelle », on utilisera le relatif **Ø**.

Ex. He's the boy **Ø** I was telling you about.
C'est le garçon dont je te parlais.

6 Complète avec le pronom relatif approprié : *who, which,* Ø ou *whose*.

a. Dr Nozman is the popular scientist .... has a YouTube science channel.

b. symbioseskateboard.com is the website address .... I was telling you about.

c. It's a very good YouTube channel .... teaches us more about science.

d. I love the way .... he explains science!

e. Dr Nozman is the man .... experiments are so interesting.

La puberté

RAPPEL DE COURS

Le corps change

Au cours de la puberté, les **caractères sexuels secondaires** (poils, modifications du corps…) apparaissent, différents selon le sexe.

Des appareils reproducteurs fonctionnels

- Les organes reproducteurs présents dès la naissance (**caractères sexuels primaires**) se développent et deviennent fonctionnels.
- Chez l'homme, à partir de la puberté, les testicules produisent en continu des **spermatozoïdes**.
- Chez la femme, tous les 28 jours environ, un ovaire libère un ovule : c'est l'**ovulation**.

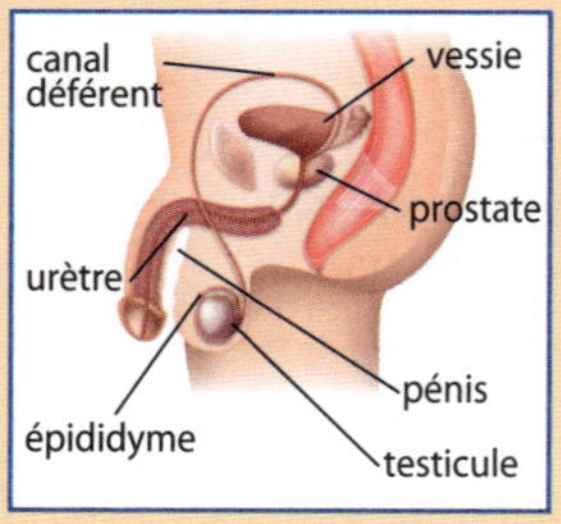

Homme

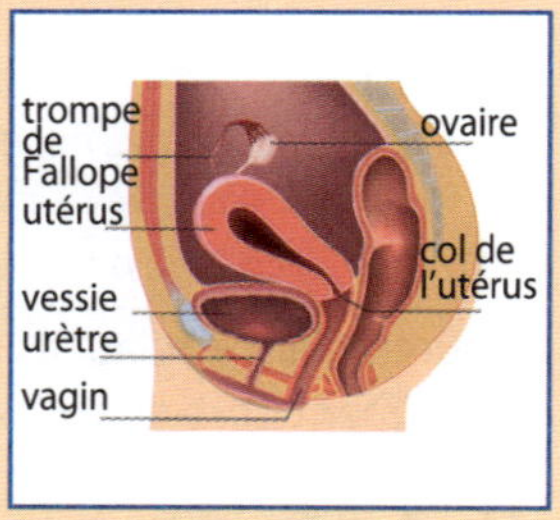

Femme

Appareil reproducteur vu de profil et en coupe.

Le contrôle hormonal

- L'appareil reproducteur est contrôlé par des **hormones** (substances libérées par un organe dans le sang) qui agissent sur un organe cible.
- Des **hormones cérébrales** contrôlent l'activité des testicules et des ovaires qui fabriquent à leur tour d'autres hormones. Celles-ci stimulent l'apparition des caractères sexuels secondaires.
- Chez la femme, elles contrôlent également l'**utérus**. La baisse de la quantité d'hormones ovariennes dans le sang provoque les règles, 14 jours après l'ovulation. C'est le début du **cycle**.
- Les règles correspondent à la destruction de la muqueuse utérine en l'absence d'embryon.

1 Choisis la bonne réponse parmi ces propositions.

a. Les spermatozoïdes sont produits par l'homme :

☐ une fois par mois à partir de la puberté.
☐ en continu à partir de la naissance.
☐ en continu de la puberté à la fin de la vie.

b. La puberté est déclenchée par :

☐ une augmentation des concentrations sanguines d'hormones cérébrales.
☐ une diminution des concentrations sanguines d'hormones sexuelles.
☐ des hormones cérébrales différentes selon le sexe de l'individu.

c. Les règles :

☐ se produisent au moment de l'ovulation.
☐ correspondent à une destruction de la muqueuse utérine.
☐ correspondent à la fin du cycle.

2 Une adolescente note régulièrement les jours de ses règles (qui durent 5 jours) sur un calendrier. Cette jeune fille a un cycle régulier de 30 jours.

a. Repère comme cela a été fait pour le mois de mars, les jours durant lesquels elle aura ses règles en avril.

....

....

b. Indique le jour probable de son ovulation pour le mois de mars.

....

....

....

Période des règles (mars : 10 au 14)

Mars			Avril		
1	V		1	L	
2	S		2	M	
3	D		3	M	
4	L		4	J	
5	M		5	V	
6	M		6	S	
7	J		7	D	
8	V		8	L	
9	S		9	M	
10	D		10	M	
11	L		11	J	
12	M		12	V	
13	M		13	S	
14	J		14	D	
15	V		15	L	
16	S		16	M	
17	D		17	M	
18	L		18	J	
19	M		19	V	
20	M		20	S	
21	J		21	D	
22	V		22	L	
23	S		23	M	
24	D		24	M	
25	L		25	J	
26	M		26	V	
27	M		27	S	
28	J		28	D	
29	V		29	L	
30	S		30	M	
31	D				

Atomes et molécules

1 **Donne la composition des molécules ci-dessous.**

a.

....

....

....

b.

....

....

....

2 **Relie par un trait la description à sa formule.**

a. Une molécule de dioxygène ● ● H_2O

b. Un atome d'oxygène ● ● O_2

c. Une molécule d'eau ● ● 2H

d. Deux atomes d'hydrogène ● ● O

3 **Donne la composition de la molécule de butane sachant que sa formule chimique est C_4H_{10}.**

....

4 La molécule qui compose le sucre contient 12 atomes de carbone, 22 atomes d'hydrogène et 11 atomes d'oxygène.

Écris sa formule chimique : ....

5 **Utilise la modélisation de la transformation chimique pour répondre aux questions.**

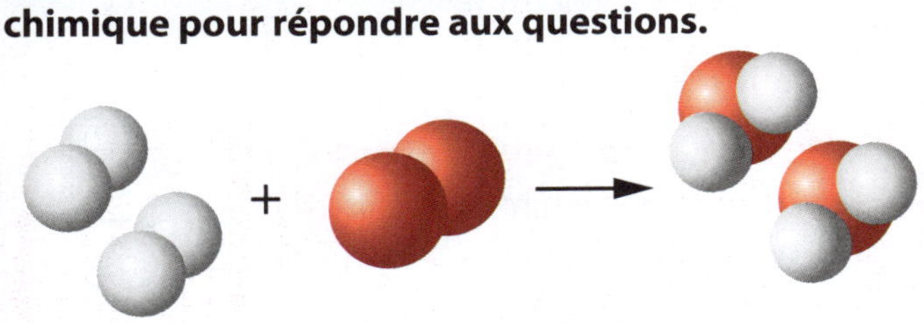

RAPPEL DE COURS

Atomes

La matière est constituée d'**atomes**. Un atome est représenté par un **symbole chimique** et modélisé par une sphère colorée.

atome	carbone	oxygène	hydrogène	azote	chlore
symbole	C	O	H	N	Cl
représentation	●	●	○	●	●

Molécules

Une **molécule** est composée à partir d'atomes. Elle est représentée par une **formule chimique** qui indique le symbole et le nombre d'atomes constituant la molécule.

La molécule d'eau contient 1 atome d'oxygène et deux atomes d'hydrogène.

Transformation chimique

- Au cours d'une transformation chimique, les atomes qui constituent les **réactifs** se réarrangent pour former de nouvelles molécules : les **produits**.
- Lors de la transformation chimique, il y a **conservation des atomes**.

Une transformation chimique peut être modélisée à l'aide des modèles moléculaires.

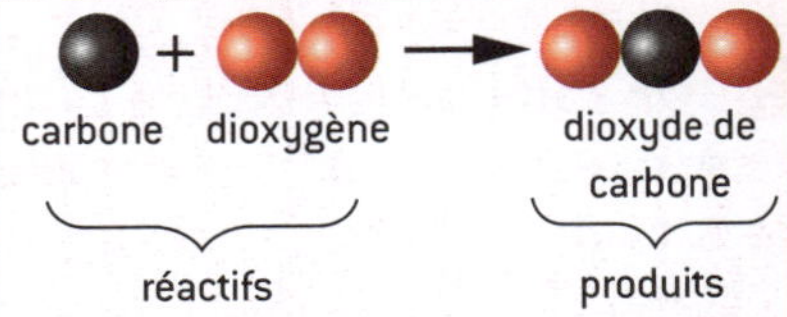

a. Indique le nom et le nombre des molécules constituant les réactifs.

....

b. Indique le nom et le nombre des molécules constituant le produit formé. ....

c. Vérifie si la conservation des atomes est respectée dans la modélisation proposée.

....

BILAN de la séquence 6

Pour chaque question, coche la (ou les) bonne(s) réponse(s).
Ensuite, reporte-toi aux corrigés du livret détachable (page 15) et inscris ton score sur 10.

Français

1 Quel mot n'a pas un préfixe de valeur négative ?

a. incapable ☐
b. insistant ☐
c. insensible ☐

2 Les subordonnées circonstancielles sont introduites par :

a. une conjonction. ☐
b. une préposition. ☐
c. un verbe. ☐

3 Dans quelle phrase l'expression soulignée est-elle une subordonnée circonstancielle ?

a. Alors que Jo jouait, il avale son « chouingom ». ☐
b. Alors que Jo jouait, il avale son « chouingom ». ☐
c. Ses amis lui disent qu'on peut en mourir. ☐

Maths

4 L'équation $2x = 0$ a pour solution :

a. -2 ☐ **b.** $\frac{1}{2}$ ☐ **c.** 0 ☐

5 On sait que le nombre x diminué de son tiers est égal à son triple diminué de 7. Pour trouver x on résout l'équation :

a. $x - \frac{1}{3} = 3x - 7$ ☐
b. $x - \frac{1}{3}x = 3x - 7$ ☐
c. $x + \frac{1}{3}x = 3x + 7$ ☐

6 On choisit un nombre, on lui ajoute 12 puis on multiplie la somme par 5. On obtient 80. Le nombre vaut :

a. 18,4 ☐ **b.** 13,6 ☐ **c.** 4 ☐

Anglais

7 Quelle phrase peut-on compléter par « *whose* » ?

a. He's the boy … gave me the DVD. ☐
b. He's the boy … brother plays rugby. ☐
c. He's the boy … I like. ☐

8 Quelle phrase peut-on compléter par « *which* » ?

a. It's a film … denounces racism. ☐
b. I know the boy … loves you. ☐
c. It's someone … is nice! ☐

SVT

9 La puberté est déclenchée par :

a. une augmentation des concentrations sanguines d'hormones cérébrales. ☐
b. des hormones cérébrales différentes selon le sexe de l'individu. ☐
c. une diminution des concentrations sanguines d'hormones sexuelles. ☐

Chimie

10 Un atome peut être représenté par :

a. un symbole chimique. ☐
b. une formule chimique. ☐
c. une sphère colorée. ☐

Total …. / 10

Séquence 7

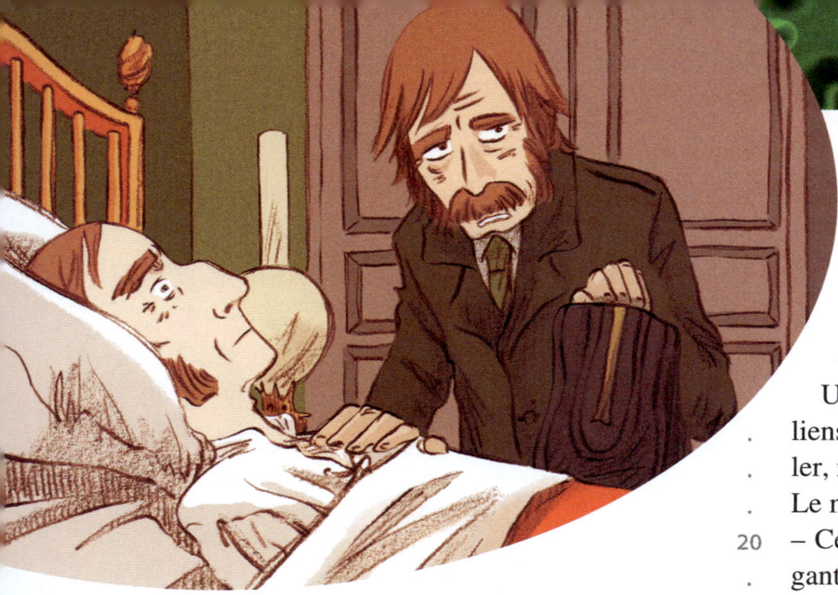

Un mort

Le narrateur a été victime d'une syncope qui l'a complètement paralysé. Sa femme et leurs voisins, le croyant mort, ont appelé le médecin pour constater le décès.

Pourtant, le médecin venait de s'approcher d'un pas rapide. Je le devinais fatigué, pressé, impatienté. M'avait-il touché la main ? Avait-il posé la sienne sur mon cœur ? Je ne saurais le dire. Mais il me sembla qu'il s'était simplement penché d'un air indifférent.

– Voulez-vous que je prenne une lampe pour vous éclairer ? offrit Simoneau[1] avec obligeance[2].

– Non, inutile, dit le médecin tranquillement.

Comment ! inutile ! Cet homme avait ma vie entre les mains, et il jugeait inutile de procéder à un examen attentif. Mais je n'étais pas mort ! j'aurais voulu crier que je n'étais pas mort !

– À quelle heure est-il mort ?

– À six heures du matin, répondit Simoneau.

Une furieuse révolte montait en moi, dans les liens terribles qui me liaient. Oh ! ne pouvoir parler, ne pouvoir remuer un membre !

Le médecin ajouta :

– Ce temps lourd est mauvais… Rien n'est fatigant comme ces premières journées de printemps.

Et il s'éloigna. C'était ma vie qui s'en allait. Des cris, des larmes, des injures m'étouffaient, déchiraient ma gorge convulsée[3], où ne passait plus un souffle. Ah ! le misérable, dont l'habitude professionnelle avait fait une machine, et qui venait au lit des morts avec l'idée d'une simple formalité à remplir ! […]

Allons, c'était fini, j'étais condamné. Mon dernier espoir disparaissait avec cet homme. Si je ne m'éveillais pas avant le lendemain onze heures, on m'enterrerait vivant. Et cette pensée était si effroyable, que je perdis conscience de ce qui m'entourait. Ce fut comme un évanouissement dans la mort elle-même.

Émile Zola,
La Mort d'Olivier Bécaille, 1879.

1. *Simoneau est un voisin.* 2. *serviabilité.* 3. *contractée.*

Lecture et compréhension

1 Lignes 1 à 4, souligne quatre mots qui annoncent que le médecin va travailler trop vite. À quoi lui servirait-il de toucher la main du narrateur ?

....

2 Entoure un mot, lignes 1 à 6, qui montre que le narrateur est un personnage de l'histoire. Du point de vue de quel personnage la scène est-elle racontée ?

....

3 Relie ces réactions à leur cause.

des cris •	• l'indignation
des larmes •	• la panique
des injures •	• le désespoir

bien vivant

Vocabulaire

4 ***Ausculter* vient du même verbe latin qu'un des mots suivants. Lequel ?**

oser – culte – écouter – examiner

5 **Le verbe *obliger* est polysémique : il signifie « contraindre » (C) ou « rendre service » (RS). Quel est son sens dans ces phrases ?**

a. Vous m'obligeriez en cessant ce bruit. C RS

b. Ses parents l'ont obligé à faire de l'équitation. C RS

6 **Auquel de ces sens le mot *obligeance* (l. 8) se rattache-t-il ?**

....

Orthographe

7 **Mets ces adjectifs au féminin.**

a. une boîte crânien......
b. une copie brouillon......
c. une analyse sanguin......
d. une fleur alpin......
e. une fille maigrichon......
f. une ville vendéen......

8 **Mets ces noms au féminin.**

a. une citoyen......
b. une champion......
c. une rouquin......
d. une lycéen......
e. une moyen......
f. une espion......

RAPPEL DE COURS

Les suffixes *-en*, *-in*, *-on*

Ils forment aussi bien des **noms** que des **adjectifs**. Attention ! seul *-in* ne double pas le *n* au féminin.

Ex. Le suffixe *-en* : un Europé**en** ; une Europé**enne** ; anci**en**(**ne**)…
Le suffixe *-in* : un galop**in** ; une bott**ine** ; enfant**in**(e)…
Le suffixe *-on* : un ball**on** ; une sauvage**onne** ; pâlich**on**(**ne**)…

La conjugaison du subjonctif présent

- Le subjonctif est un **mode** verbal qui compte **quatre temps**. Seuls le présent et le passé sont fréquemment utilisés.
- Sauf pour les auxiliaires, au présent les terminaisons sont toujours : ***-e, -es, -e, -ions, -iez, -ent***.
- On trouve facilement cette forme lorsqu'on la fait précéder de ***Il faut que…***.

Ex. Il faut que je parte.

- Conjugaison des **auxiliaires** :
– **être** : *je sois, tu sois, il soit, nous soyons, vous soyez, ils soient* ;
– **avoir** : *j'aie, tu aies, il ait, nous ayons, vous ayez, ils aient.*
- Conjugaison de quelques verbes au **radical irrégulier** :

Ex. Savoir : **je sache** ; vouloir : **je veuille** ; pouvoir : **je puisse** ; aller : **j'aille**…

Conjugaison

9 **Conjugue les verbes entre parenthèses au subjonctif présent.**

a. Le narrateur est terrifié à l'idée qu'on le **(mettre)** .... en terre vivant.

b. Bien qu'il **(faire)** .... tout son possible, il ne parvient pas à bouger.

c. Avant qu'il n'**(avoir)** .... cette attaque, il était déjà malade.

d. Bien que son voisin ne **(connaître)** .... pas sa femme, il lui vient en aide.

e. Le narrateur redoute que sa femme ne **(être)** .... séduite par cet homme.

f. Il est regrettable que le médecin **(repartir)** .... si vite.

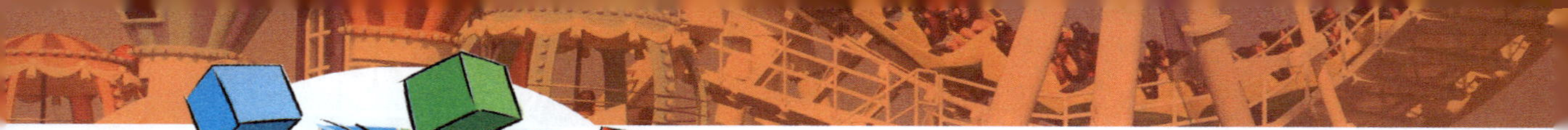

À la fête

RAPPEL DE COURS

Expérience aléatoire

• Le résultat d'une **expérience aléatoire** est déterminé par le hasard. On ne peut le prévoir, mais on peut faire la liste des résultats possibles, les **issues**.

Ex. « Jeter un dé » est une expérience aléatoire. Les issues possibles sont : 1 ; 2 ; 3 ; 4 ; 5 et 6.

• On affecte à chaque issue un nombre mesurant ses chances de réalisation (nombre entre 0 et 1).

Équiprobabilité

• Il y a **équiprobabilité** lorsque toutes les issues d'une expérience aléatoire ont la même probabilité.

• Si l'expérience possède n issues équiprobables, la probabilité de chacune d'elles vaut $\frac{1}{n}$.

Vocabulaire et propriétés

Événement A	ensemble d'issues ; $0 \leqslant P(A) \leqslant 1$	
Événement **élémentaire**	événement composé d'une seule issue	
Événement **A**	P(A) : somme des probabilités des événements élémentaires qui constituent A	
Événement **certain**	A se produit nécessairement	$P(A) = 1$
Événement **impossible**	A ne peut pas se produire	$P(A) = 0$
Événement **contraire de A** Notation : $\overline{A}$ Lire « A barre » ou « non A »	il se réalise lorsque A ne se réalise pas	$P(\overline{A}) + P(A) = 1$
Événements **incompatibles** A et B	ils ne peuvent se réaliser en même temps	Probabilité de « A ou B » P(A ou B) = P(A) + P(B)
Événement A d'une expérience aléatoire où les **issues** sont **équiprobables**	$P(A) = \frac{\text{nombre d'issues qui réalisent l'événement}}{\text{nombre total d'issues}}$	

Place au hasard !

1 Sur le stand d'une fête foraine, on propose le jeu suivant : on tire un cube au hasard dans une boîte qui contient 3 cubes bleus, 4 cubes rouges et 5 cubes verts. A est l'évènement : « on tire un cube bleu », B : « on tire un cube rouge », C : « on tire un cube vert ».

Entoure la (ou les) bonne(s) réponse(s).

La probabilité de l'évènement A vaut :			
0,25	$\frac{3}{12}$	3	$\frac{1}{3}$
La probabilité de l'évènement « le cube tiré n'est pas bleu » vaut :			
$\frac{2}{3}$	$1 - p(A)$	0,75	−0,25
Les évènements A et B sont :			
contraires	certains	compatibles	incompatibles
La probabilité de l'évènement « A ou B » vaut :			
$p(C)$	$\frac{7}{12}$	$\frac{2}{3}$	$\frac{2}{7}$

2 On écrit sur les faces d'un dé à six faces chacune des lettres du mot RADEAU. On lance ce dé et on lit la lettre inscrite sur sa face supérieure.

a **Cite les issues de cette expérience. Les issues sont-elles équiprobables ?**

....

....

....

b **Donne un exemple d'événement élémentaire.**

....

....

c **Donne un exemple d'événement non élémentaire.**

....

....

foraine

Tirer les cartes ou tourner la roue de la chance ?

3 On tire une carte au hasard dans un jeu de 32 cartes.
On considère les événements suivants : A : « on obtient un roi » ; B : « on obtient un as » ; C : « on obtient un trèfle ».

a **Les événements A et B sont-ils incompatibles ? et les événements B et C ?**

b **Décris par une phrase sans négation l'événement contraire de l'événement C.**

c **Propose un événement D incompatible avec l'événement C.**

d **Détermine les probabilités des événements A, B et C.**

4 Un stand de fête foraine propose la roue de la loterie ci-contre. Chaque secteur a autant de chance d'être désigné par la flèche. La couleur pointée par la flèche peut être : rouge, vert ou bleu.

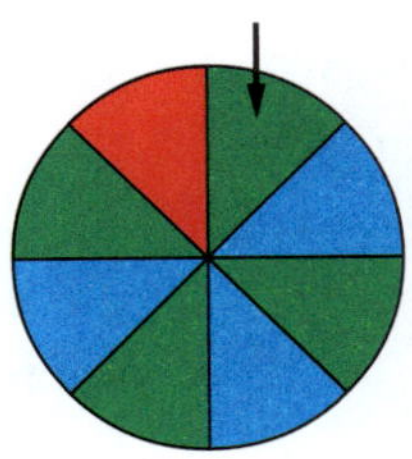

On considère les évènements : R : « la flèche désigne le rouge » ; V : « la flèche désigne le vert » ; B : « la flèche désigne le bleu ».

a **Quelle est la probabilité de l'évènement R ?**

b **Quelle est la probabilité de l'évènement V ?**

c **Quelle est la probabilité de l'évènement B ?**

d **Exprime à l'aide d'une phrase ce qu'est l'évènement $\overline{R}$, puis donne sa probabilité.**

L'EXO RIGOLO

5 Julie emmène sa petite sœur Fanny sur un manège où il y a quatre chevaux, deux ânes, un coq, deux lions et une vache. Sur chaque animal, il y a une place. Fanny s'assoit au hasard sur le manège.

a **Quelle est la probabilité qu'elle monte sur un cheval ? Exprime le résultat sous la forme d'une fraction non simplifiable.**

On considère les évènements suivants : A : « Fanny monte un âne. » ; C : « Fanny monte le coq. » ; L : « Fanny monte un lion. »

b **Définis par une phrase l'évènement « non L », puis calcule sa probabilité.**

c **Quelle est la probabilité de l'évènement « A ou C » ?**

L'EXO MÉMO

6 Dans un pot rouge, il y a 6 bonbons à la fraise et 10 à la menthe. Dans un pot bleu, il y a 8 bonbons à la fraise et 14 à la menthe. Les bonbons sont tous emballés d'un papier rose. Stéphane préfère les bonbons à la fraise.

Dans quel pot a-t-il le plus de chances de choisir son bonbon favori ?

Un tremplin

Atteindre les sommets !

1 Julie et Stéphane se rendent de leur camping au skate-park situé sur la rive opposée de la rivière. L'unité de longueur est le mètre.

Quelle est la distance du skate-park au camping ?

....

....

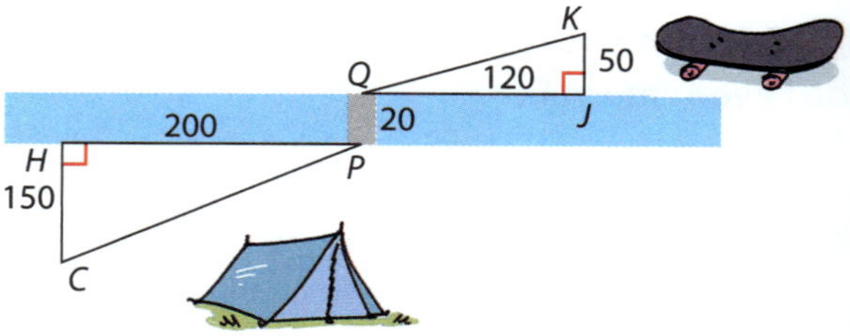

2 Au retour des vacances, ils aimeraient construire un tremplin de 2 m de haut pour pratiquer leur sport. Voici un croquis de leur tremplin. $AH = 5$ m et $BH = 2$ m.

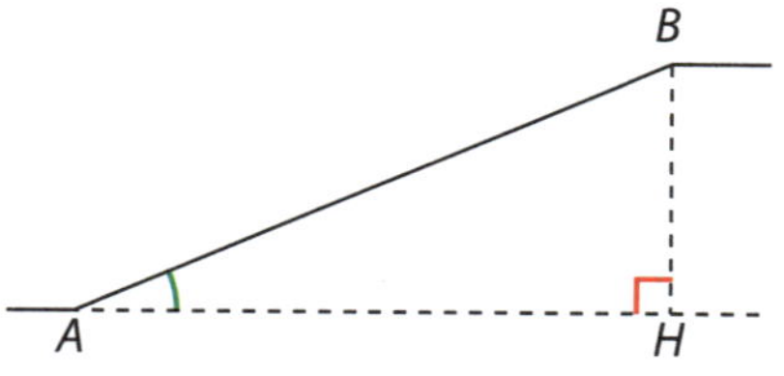

Calcule l'arrondi au centimètre de la longueur *AB* de la planche.

....

....

Pense à utiliser la touche $\sqrt{\ }$ de ta calculatrice.

....

3 On considère un triangle *ABC* rectangle en *B*.

Dans chacun des cas du tableau page suivante, calcule la longueur manquante et donne l'arrondi au dixième.

....

....

....

....

RAPPEL DE COURS

Théorème de Pythagore

• Si un triangle est rectangle, alors le carré de la longueur de l'hypoténuse est égal à la somme des carrés des longueurs des deux autres côtés.
Si ***ABC* est rectangle en *B*, alors $AC^2 = AB^2 + BC^2$.**
• Le théorème de Pythagore permet de calculer des longueurs.

> **Ex.** *EFG* est rectangle en *F*, $FE = 4$ et $FG = 3$.
> D'après le théorème de Pythagore, $EG^2 = EF^2 + FG^2$.
> donc $EG^2 = 3^2 + 4^2 = 9 + 16 = 25$.
> *EG* est une longueur, donc $EG > 0$. D'où $EG = \sqrt{25} = 5$.

Conséquence du théorème de Pythagore

Si dans un triangle, le carré de la longueur du plus grand côté n'est pas égal à la somme des carrés des longueurs des deux autres côtés alors le triangle n'est pas rectangle.

> **Ex.** $AB = 12$; $AC = 10$ et $BC = 6$.
> On remarque que $AB > AC$ et $AB > BC$.
> $AB^2 = 12^2 = 144$ et
> $AC^2 + BC^2 = 10^2 + 6^2 = 100 + 36 = 136$.
> $AB^2 \neq AC^2 + BC^2$ donc *ABC* n'est pas rectangle.

Réciproque du théorème de Pythagore

• Si dans un triangle, le carré de la longueur d'un côté est égal à la somme des carrés des longueurs des deux autres côtés alors le triangle est rectangle.
• Si **$EF^2 = EG^2 + GF^2$ alors *EFG* est rectangle en *G*.**

> **Ex.** $IJ = 13$; $JK = 12$ et $IK = 5$
> $IJ^2 = 13^2 = 169$; $IK^2 + JK^2 = 12^2 + 5^2 = 144 + 25 = 169$.
> $IK^2 + JK^2 = IJ^2$, donc d'après la réciproque du théorème de Pythagore *IJK* est rectangle en *K*.

pour la rentrée

	1er cas	2e cas	3e cas
AB en cm	4,5	....	4,8
BC en cm	....	39	1,4
AC en cm	5,1	41	....

La descente de l'hypoténuse

4 L'unité de longueur est le centimètre. Soit *ABCD* un carré. Les droites (*OC*) et (*OD*) sont perpendiculaires, *OC* = 2 et *OD* = 3.

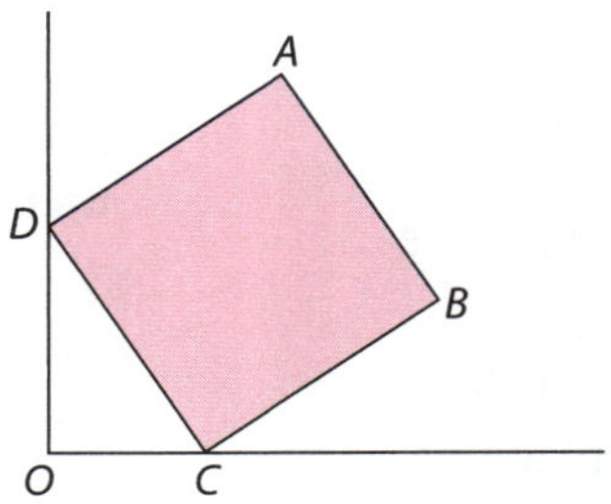

Quelle est l'aire, en cm², du carré *ABCD* ?

....

....

....

5 Soit *ABD* et *BDC* des triangles tels que :
AB = 7,2 ; *BD* = 3 ; *AD* = 7,8 ; *BC* = 4 et *DC* = 5.
De plus *ABD* et *BDC* sont de part et d'autre de (*BD*).

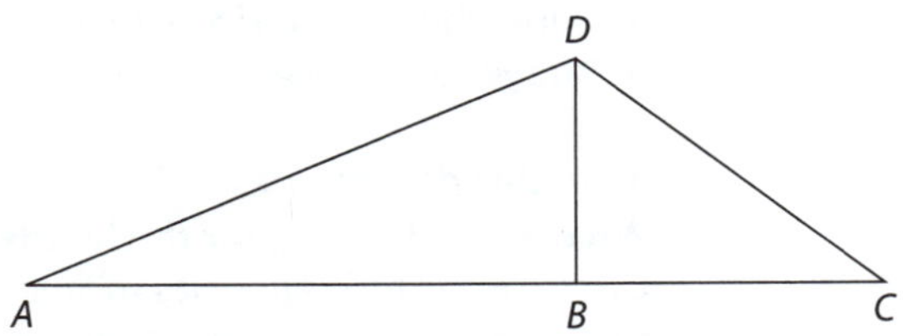

a Le triangle *ABD* est-il rectangle ?

....

....

b Le triangle *CBD* est-il rectangle ?

....

....

c Les points *A*, *B* et *C* sont-ils alignés ?

....

....

L'EXO MÉMO

6 Détermine dans chacun des cas suivants si le triangle *EFG* est rectangle. Si oui, précise le sommet de l'angle droit.

	1er cas	2e cas	3e cas
EF en cm	7	35	48
FG en cm	25	12	68
EG en cm	24	37	48
Réponse	....	....	....

....

....

L'EXO COSTAUD

7 Soit *ABCDEFGH* un cube.

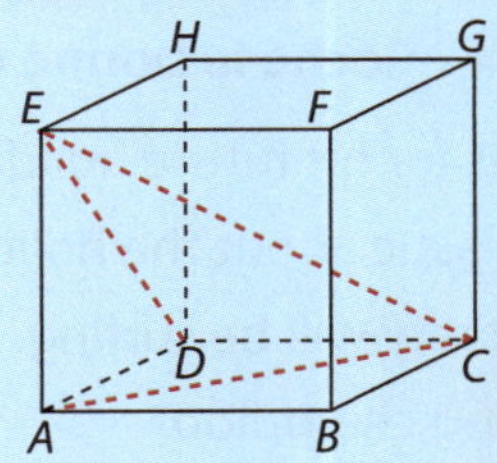

Les faces d'un cube sont des carrés.

Complète le tableau.

	Vrai / Faux	Justification
$AC^2 = AD^2 + DC^2$	....	....
$EC = AC$	....	....
$HD^2 = EH^2 + ED^2$	....	....
$AD^2 = ED^2 - EA^2$	....	....
$ED = AC$	....	....
$EA^2 + AC^2 = EC^2$	....	....

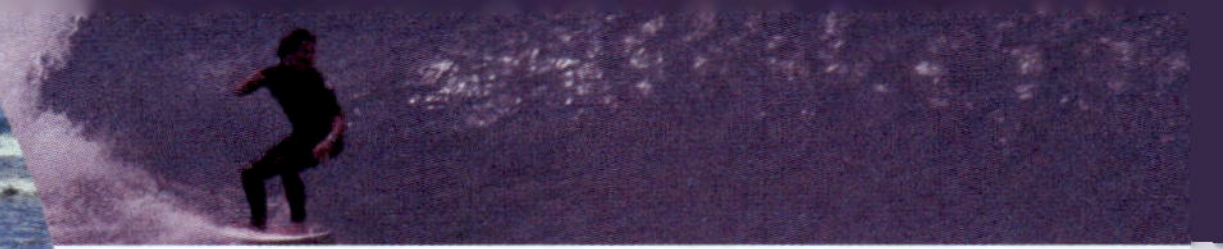

What are you

Matt: "Hey Kevin! What **are** you do**ing** for the holidays this year?"
Kevin: "Well, I'**m going to** visit my cousin Rand in California."
Matt: "Wow! You're so lucky! What kind of activities **are** you **going to** do there?"
Kevin: "Oh for a start, I'**m going to** learn how to surf! Rand is a champion and he'**s** plann**ing** lessons for me at Malibu."
Matt: "That's great! And **will** you visit any special sites?"
Kevin: "You bet[1]! We'**re** visit**ing** San Diego Zoo, Safari Park and SeaWorld... Of course I'**ll** go to San Francisco… Oh and **when** I'**m** in L.A.[2], Rand **will** take me on a tour of the Hollywood studios too! I can't wait!"
Matt: "Awesome[3]! **Will** you send me a postcard, please?"
Kevin: "Of course I **will**! It's the least I can do![4]"

---

1. **You bet!** *Et comment !* 2. **L.A.** = *Los Angeles.*
3. **Awesome! = Great! = Fantastic !** *Génial ! Super !*
4. **It's the least I can do :** *C'est la moindre des choses.*

Si tu as envie de découvrir la Californie, essaie ces liens !
www.visitcalifornia.com
www.californiatouristguide.com

Comprendre

1 Vrai ou faux ? Coche la bonne réponse.

	True	False
a. Kevin has plans for his future holiday.	☐	☐
b. Matt is enthusiastic about the holiday.	☐	☐
c. Kevin's first activity will be surfing.	☐	☐
d. Kevin is a surfing champion.	☐	☐
e. Kevin isn't going to do many visits.	☐	☐
f. Kevin is very impatient!	☐	☐
g. Matt will receive a postcard.	☐	☐

2 Relève dans le texte trois formes verbales différentes qui indiquent le futur.

a. ....

b. ....

c. ....

Mots et expressions

Les vacances

travel *voyager*
a trip = a journey *un voyage*
a round-the-world trip *un tour du monde*
holidays *les vacances scolaires, les vacances d'été*
a holiday *des vacances (précises)*
What are you doing for the holidays? *Qu'est-ce que tu fais pour les vacances ?*
We're going for a holiday in Peru. *Nous partons en vacances au Pérou.*
a bank holiday *un jour férié*
be on holiday *être en vacances*

La façon de voyager

En anglais, le verbe indique le moyen de transport :
fly *prendre l'avion*
drive *prendre la voiture*
ride a horse *monter à cheval*
ride a bike *faire du vélo*
walk *aller à pied*
On ajoute **to** pour indiquer la destination.
I walk to school every day. *Je vais à l'école à pied tous les jours.*

doing for the holidays?

S'entraîner

3 Transforme ces phrases en négations.

a. I will visit L.A. ....

b. He is going to try kitesurfing.

....

c. They are driving to Disneyland tomorrow.

....

d. The visit starts at 10 am.

....

4 Transforme ces phrases en questions ouvertes (avec pronom interrogatif) qui portent sur l'élément souligné.

a. He is planning <u>surf lessons</u> for me.

....

b. The train leaves <u>at 9 pm</u>.

....

c. You will go <u>to an amusement park in L.A.</u>

....

d. They are going to visit <u>the San Diego Zoo</u>.

....

5 Conjugue les verbes avec le futur adapté : *will* ou *be going to*.

a. You like this book? OK, I (buy) .... it!

b. Be careful, you (fall) ....!

c. Look at the sky, it's (be) .... a lovely day!

d. I'm sure I (visit) .... the Golden Gate Bridge!

6 Utilise le futur qui convient : *will, be going to*, ou l'une des deux formes du présent.

a. When I (finish) .... visiting L.A.,
I (go) .... to San Francisco.

b. I know what I want to do! I (try) .... surfing!

c. My plan? I (walk) .... to Beverly Hills!

RAPPEL DE COURS

L'expression du futur

Il n'existe pas un « temps » du futur en anglais, il y a plusieurs façons de l'exprimer.

- ***Will* + base verbale (BV)** = quasi-certitude / volonté / décision spontanée (forme négative = ***won't***)

> ***Ex.*** I **will visit** Hollywood. *Je visiterai Hollywood.*
> Of course I'**ll send** you a postcard!
> *Bien sûr que je t'enverrai une carte postale !*
> I **won't go to** Disneyland. *Je n'irai pas à Disneyland.*

- ***Be going to* + BV** = futur proche / prédiction à partir d'indices / décision déjà prise, réfléchie.

> ***Ex.*** I'**m going to learn** how to surf.
> *Je vais apprendre à faire du surf.*
> Look at the clouds, it'**s going to rain**!
> *Regarde les nuages, il va pleuvoir !*

- **Le présent**
  – présent simple = programme officiel
  – présent en ***be + -ing*** = programme personnel prévu

> ***Ex.*** The visit **starts** at 10 am.
> *La visite commence à 10 h.*
> I'**m flying** to L.A. tomorrow.
> *Je prends l'avion pour L.A. demain.*

- Dans une subordonnée introduite par ***when*** ou ***as soon as***, le verbe est au **présent** (mais il a bien valeur de futur). La principale est au futur en ***will* + BV** ou ***be going to* + BV**.

> ***Ex.*** **When I'm** in L.A., **I will visit** Hollywood.
> subordonnée principale
> *Quand je serai à L.A., je visiterai Hollywood.*
> **As soon as I arrive** in L.A., **I'm going to surf**.
> subordonnée principale
> *Dès que j'arriverai à L.A., je ferai du surf.*

La colonisation

RAPPEL DE COURS

Les conquêtes coloniales

• En **1815**, l'**Espagne** et le **Portugal** sont les **principales puissances coloniales**. Elles possèdent de vastes empires en Amérique latine tandis que l'Afrique et l'Asie sont très peu colonisées.

• Les conquêtes coloniales ralentissent avec l'abolition de l'esclavage (en 1833 dans les colonies britanniques, en 1848 en France), puis reprennent autour de 1880. La colonisation est source de rivalités entre les nations européennes qui sont à la recherche de nouveaux territoires pour construire de vastes empires, disposer de matières premières et développer les débouchés pour leurs productions industrielles.

• En **1914**, le **Royaume-Uni** et la **France** sont les deux **principales puissances coloniales** (en Afrique, en Asie et en Océanie).

• Les **colonies françaises** se situent en **Afrique**, avec les territoires du Maghreb (Algérie, Maroc, Tunisie), l'AOF (Afrique Occidentale Française), l'AEF (Afrique Équatoriale Française) et en **Asie** (Indochine).

Les sociétés coloniales sont inégalitaires

• La mise en valeur des colonies sert surtout les **intérêts de la métropole** : appropriation des terres par les colons, développement de cultures de plantation, exploitation des ressources naturelles. La construction des routes et des voies ferrées doit en priorité faciliter les exportations de marchandises vers l'Europe.

• **La colonisation ne profite ainsi qu'à une minorité de colonisés**. Dans leur grande majorité, les populations locales sont soumises au travail forcé et à des conditions matérielles très difficiles : les salaires sont très faibles, les progrès de la médecine ou de l'instruction sont minimes.

1 « La question coloniale, c'est, pour des pays voués par la nature de leur industrie à une grande exportation, comme la nôtre, la question même des débouchés.

[...] une marine comme la nôtre ne peut pas se passer, sur la surface des mers d'abris solides, de défenses, de centres de ravitaillement.

[...] Rayonner sans agir, sans se mêler aux affaires du monde, en se tenant à l'écart de toutes les combinaisons européennes, [...] c'est [...] descendre du premier rang au troisième ou au quatrième. »

Discours de Jules Ferry en faveur de l'expansion coloniale, devant la chambre des députés, le 28 juillet 1885.

a. Surligne en rouge les motivations diplomatiques de la France et en bleu les motivations économiques.

b. Cite deux raisons pour lesquelles la France doit contrôler des littoraux selon Jules Ferry.

....

....

2 **Complète le tableau à l'aide des deux cartes.**

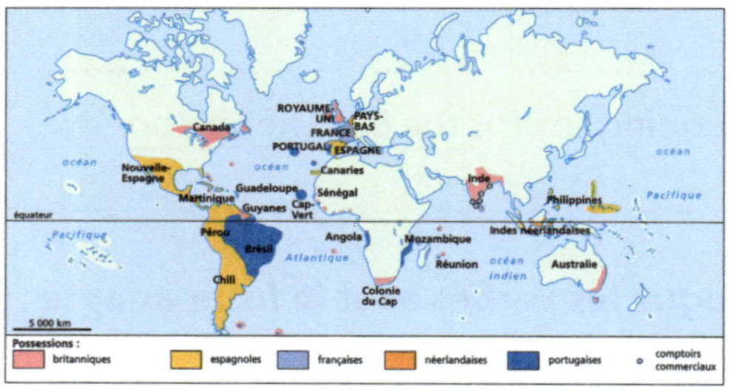

Le monde en 1815.

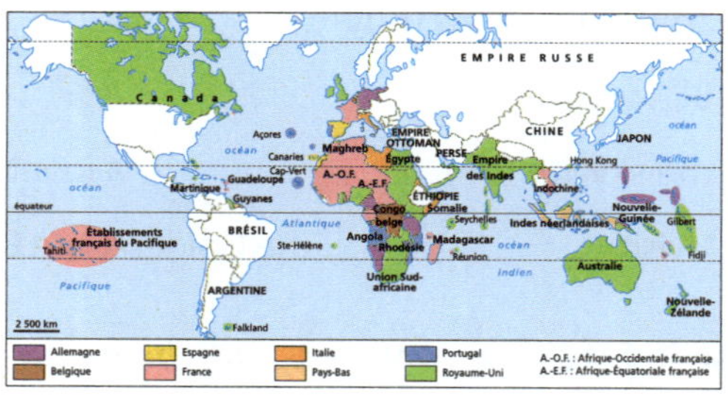

Le monde en 1914.

	En 1815	En 1914
Les deux empires les plus vastes	....	....
Le continent le plus colonisé	....	....

Un monde maritimisé

1

Shanghai (Chine).

a. Nomme les espaces désignés par les lettres A et B.

A : ....

B : ....

b. Que montre cet exemple de Shanghai à propos des littoraux ?

....

....

....

2

Leurs partenaires	Les principaux pôles		
	Amérique du Nord	Europe de l'Ouest	Asie
Amérique du Nord	1 105	528	1 028
Amérique du Sud et centrale	155	93	137
Europe de l'Ouest	356	4 106	846
Afrique	25	173	160
Asie	462	653	2 745

Les partenaires des trois principaux pôles d'échanges (en milliards de dollars) en 2017.

a. Quels sont les trois principaux pôles du commerce mondial de marchandises ?

....

b. Quels sont les trois principaux partenaires de chacun des trois pôles ?

....

....

RAPPEL DE COURS

Les littoraux concentrent les populations et les activités

• Plus de **60 % de la population** vit aujourd'hui dans une **zone côtière** située à moins de 60 km d'une mer ou d'un océan. Huit des dix mégapoles les plus peuplées se trouvent sur un littoral. **Six milliards de personnes** devraient habiter un littoral en **2025**, soit 75 % de la population mondiale. Les densités de peuplement sur les littoraux sont cependant inégales, certains littoraux étant très peu peuplés.

• Les littoraux concentrent aussi les **activités de production**. Ces activités sont d'abord **traditionnelles** : la pêche et l'agriculture. Les littoraux profitent également de l'**activité touristique** (développement du tourisme balnéaire).

• L'essor des grands ports de commerce maritimes et la multiplication des industries sur les littoraux (création de zones industrialo-portuaires) aboutissent à la création de **grandes façades maritimes**.

La domination du transport par voie maritime

• La **mondialisation** se caractérise par des échanges de marchandises qui sont réalisés en grande majorité **par voie maritime** (80 % en valeur, 90 % en volume de marchandises).

• La **maritimisation** s'explique par des coûts de transport plus faibles lorsque les marchandises sont transportées à travers le monde sur les **porte-conteneurs**.

• Les principaux **ports à conteneurs** entre lesquels se font les flux de marchandises dans le monde sont ceux de Chine (Shanghai, Shenzhen), de Corée du Sud (Busan), Singapour et Hong Kong. Le premier port européen est **Rotterdam** (11e port mondial en 2020).

• Malgré cette maritimisation des échanges, on note le **maintien de la continentalisation** des flux de marchandises : la moitié de ces échanges se réalise encore au sein des continents (par voie ferrée ou par camions).

BILAN de la séquence 7

Pour chaque question, coche la (ou les) bonne(s) réponse(s).
Ensuite, reporte-toi aux corrigés du livret détachable (page 17) et inscris ton score sur 10.

Français

1 Lequel de ces suffixes ne double pas le *n* au féminin ?

a. *-en* ☐ **b.** *-in* ☐ **c.** *-on* ☐

2 Les trois premières personnes du présent du subjonctif se terminent par :

a. *-es, -es, -e.* ☐
b. *-e, -es, -e.* ☐
c. *-e, -es, -t.* ☐

Maths

3 Dans un jeu de 52 cartes, on tire une carte. Quelle est la probabilité que ce soit un as ?

a. $\frac{1}{52}$ ☐ **b.** 0,077 ☐ **c.** $\frac{4}{52}$ ☐

4 Un sac contient 10 boules blanches et 5 boules noires. On tire une boule au hasard. La probabilité de tirer une boule noire est égale à :

a. $\frac{1}{3}$ ☐ **b.** $\frac{1}{2}$ ☐ **c.** $\frac{1}{5}$ ☐

5 Le triangle *RST* est rectangle en *S*. On sait que *RS* = 4,8 cm et *RT* = 5 cm. [*ST*] mesure :

a. 1,96 cm ☐
b. 6,9 cm ☐
c. 1,4 cm ☐

6 On sait que *EF* = 65 ; *FG* = 52 et *EG* = 39 donc :

a. *EFG* est rectangle en *E*. ☐
b. *EFG* est rectangle en *G*. ☐
c. *EFG* n'est pas rectangle. ☐

Anglais

7 La négation correcte est :

a. He willn't visit America. ☐
b. He won't visit America. ☐
c. He won't visits America. ☐

8 Quelle est la bonne traduction de : « *Je vais faire du surf cet été.* » ?

a. I surf next summer. ☐
b. I'm going to surf next summer. ☐
c. I will surf next summer. ☐

Histoire

9 Les sociétés coloniales :

a. sont égalitaires. ☐
b. sont inégalitaires. ☐
c. sont composées uniquement de colons. ☐

Géographie

10 Quelles activités trouve-t-on le long des littoraux ?

a. La pêche et le tourisme balnéaire. ☐
b. Les ports de commerce et les ZIP. ☐
c. Toutes les activités de production. ☐

Total .... / 10

Séquence 8

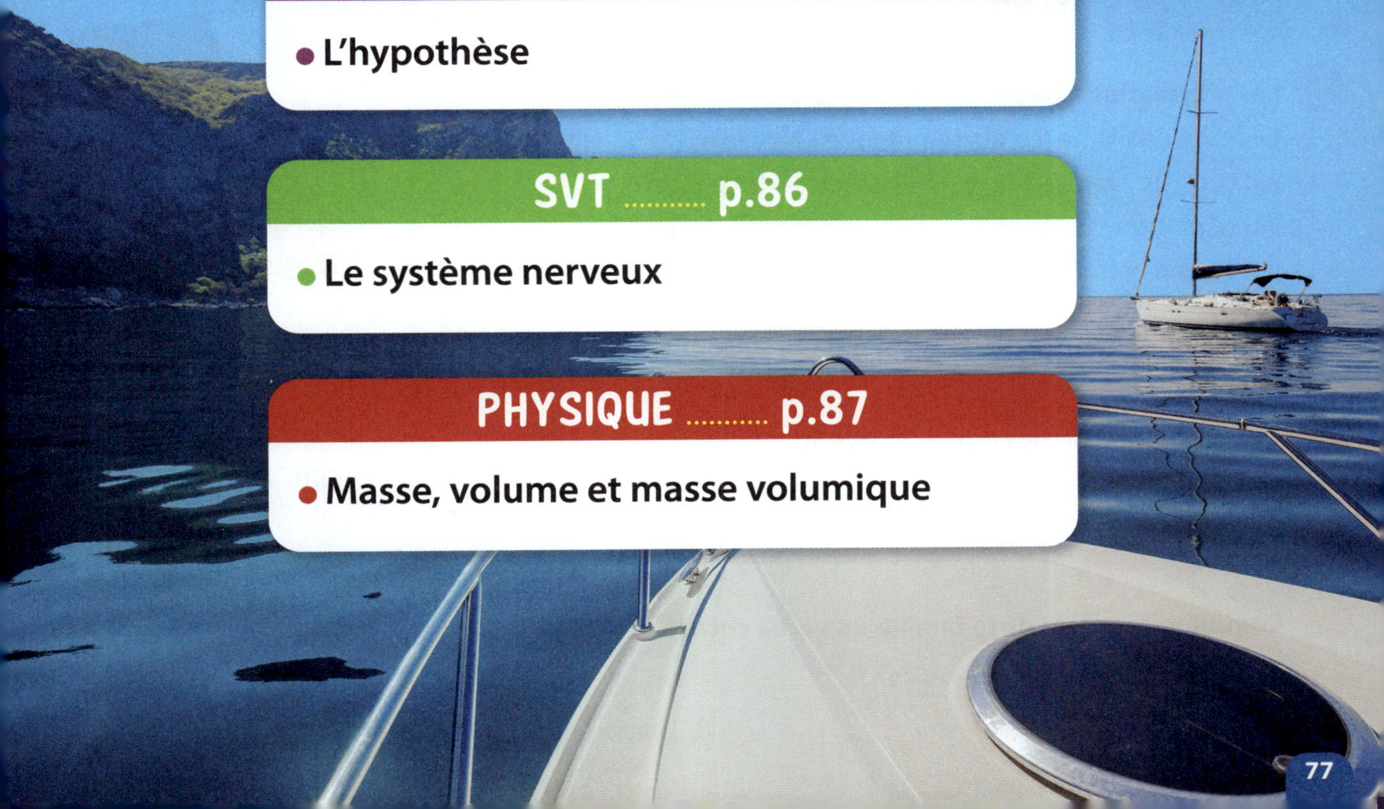

S'essayer au

Que faire en vacances quand on s'ennuie ou qu'on en a assez de paresser sur la plage ? Et pourquoi pas du géocaching ? C'est un jeu venu des États-Unis qui rassemble tous les mordus de chasse au trésor de la planète. Votre matériel : un GPS[1]. Votre but : découvrir un petit récipient dissimulé par un géocacheur dans un endroit insolite. Et vous avez le choix : en France, il existe déjà plus de trente mille géocaches et plus d'un million dans le monde.

En fait de trésors, vous ne trouverez que de petits objets sans valeur (la règle veut que, si vous en prenez un, vous en laissiez un en échange), un crayon et un registre des visites sur lequel vous pourrez inscrire votre nom, votre nationalité, la date de votre passage et un petit commentaire.

Pour localiser ces trésors, il suffit que vous vous inscriviez sur un site (www.mides.fr) qui donne les coordonnées GPS de toutes les géocaches de France classées en différentes catégories (les plus hautes, les extrêmes, les préférées, etc.) et selon leur degré de difficulté. Vous entrez les coordonnées dans le GPS d'un téléphone mobile, et c'est parti ! Tantôt on accède à la cache en une fois, tantôt la quête se fait en plusieurs étapes, avec de petites énigmes à résoudre, sur trente minutes ou une journée, à pied, à vélo ou à la nage car certaines sont dissimulées au fond de lacs ! Une fois sur place, il faut ouvrir l'œil : le trésor est souvent bien camouflé car les géocacheurs rivalisent d'ingéniosité pour dénicher des endroits inattendus et hors de portée des géomoldus (les non-initiés). Mais rassurez-vous, on peut trouver les plus faciles sans GPS, en ayant auparavant repéré l'endroit sur un logiciel d'information géographique. Alors, prêts pour l'aventure ?

Anne-Laure Chat

1. *système de localisation par satellite.*

Lecture et compréhension

1 Les affirmations suivantes sont-elles vraies ou fausses ?

a. Le géocaching est un jeu qui se pratique en plein air. V F

b. Le jeu consiste à trouver un trésor caché par des pirates. V F

c. Le jeu se pratique uniquement avec un ordinateur portable. V F

d. Le jeu amène parfois à parcourir de longues distances. V F

2 Comment appelle-t-on les mots qui organisent un texte comme *ensuite, enfin, de plus* ?

☐ Des connecteurs (ou mots de liaison). ☐ Des conjonctions de subordination. ☐ Des figures de style.

Entoures-en deux entre les lignes 35 et 43.

Vocabulaire

3 Complète ces mots de la famille du verbe *cacher*.

a. Un cach......... est une sombre prison.

b. Une planque est un type de cach............. .

c. On ......cach............. une enveloppe.

d. Le cach............. aime faire des messes basses.

géocaching !

Orthographe

4 Complète les phrases avec *ces, ses, c'est* ou *s'est*.

a. .... dernières années, ce jeu .... propagé dans plus de deux-cents pays. .... grâce à l'accès aux nouvelles technologies qu'il .... ainsi développé.

b. .... un physicien et .... assistants qui ont conçu le GPS, utilisé d'abord par la Défense des États-Unis. Vingt-quatre satellites émettent des signaux. Un récepteur capte .... signaux. Une personne qui .... munie de ce récepteur peut connaître sa propre position sur Terre (en fait, ... coordonnées en longitude et en latitude) et ainsi s'orienter.

Grammaire

5 Souligne les verbes conjugués au subjonctif et indique si la phrase exprime un souhait, une opinion ou une obligation.

a. Crois-tu que ce jeu soit accessible à tout le monde ?

→ ....

b. La règle veut qu'on laisse un bibelot dans les caches qu'on visite.

→ ....

c. Les géocacheurs désirent que certains objets circulent de cache en cache à travers le monde.

→ ....

RAPPEL DE COURS

Distinguer des homophones

➤ *Ces* et *ses*

- ***Ces*** est un déterminant démonstratif placé devant un GN. On peut le remplacer par ***ce*** ou ***cette***.
- ***Ses*** est un déterminant possessif placé devant un GN. On peut le remplacer par ***son*** ou ***sa***.

➤ *C'est* et *s'est*

- ***C'est*** peut être développé en **cela est**.
- ***S'est*** apparaît devant un **verbe pronominal**.

Ex. Il s'est levé. → se lever

L'emploi du subjonctif

- Le mode subjonctif exprime ce qui est **possible**, ce qu'on **envisage**. Il apparaît surtout dans des propositions subordonnées.
- Dans les propositions subordonnées complétives (introduites par *que*), il est employé après :

– un verbe d'**obligation** ou de **volonté** ;

Ex. Il faut / je veux / j'ordonne / j'exige qu'il **sorte**.

– un verbe de **sentiment** ;

Ex. Je souhaite / je redoute / je me réjouis qu'il **vienne**.

– un verbe d'**opinion** à la forme négative ou interrogative.

Ex. Je ne crois pas qu'il le **sache**. Crois-tu qu'il le **sache** ?

6 Transforme les GN en gras en une subordonnée complétive au subjonctif.

Ex. Je souhaite **sa participation** au jeu. → Je souhaite qu'il participe au jeu.

a. Je souhaite **l'aide de mon frère** dans cette chasse au trésor.

....

b. Mais je crains **son refus** car il est très occupé.

....

c. Je redoute **la disparition de ma cache**.

....

Foot

RAPPEL DE COURS

Translation

- Transformer une figure par **translation**, c'est la faire glisser sans la tourner. Une translation est définie par : une direction, un sens, une longueur.
- On peut, sur la figure, schématiser ce glissement par des flèches.

Ex. Soit M' l'image de M par la translation qui transforme A en B.

- Si $M \notin (AB)$ alors $ABM'M$ est un parallélogramme. Donc : $(AB) // (MM')$ et $AB = MM'$.

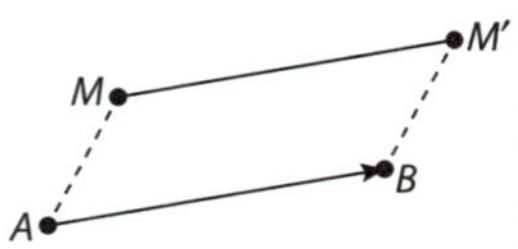

- Si $M \in (AB)$ alors
  - M' est aligné avec A, B et M,
  - $MM' = AB$,

les demi-droites $[MM')$ et $[AB)$ sont de même sens.

- Une figure et son image par une translation sont superposables.
- Une translation conserve les alignements, les angles, les longueurs, les aires et le parallélisme.

Ex.

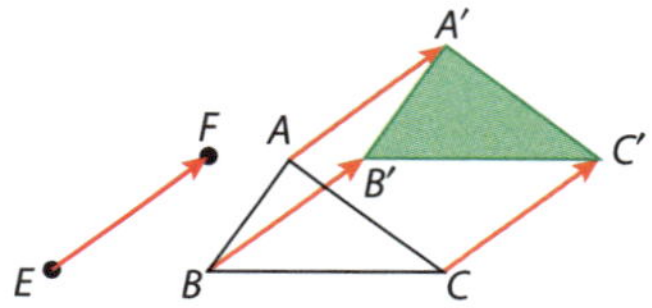

Frise

C'est une figure géométrique constituée d'un motif de base reproduit dans une seule direction par translation.

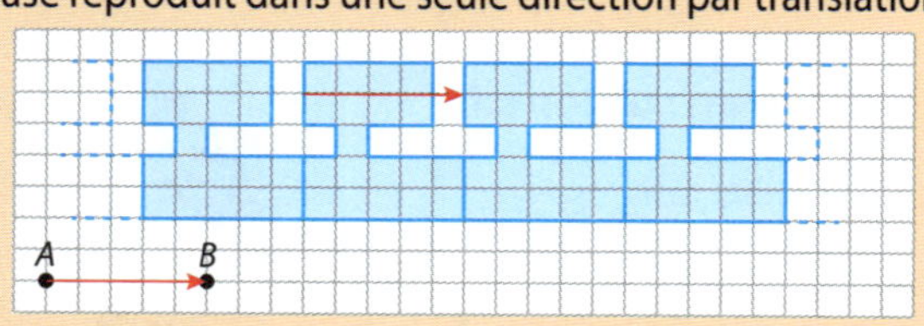

Pavage

Un pavage est constitué d'un motif qui est reproduit dans deux directions par des translations et qui recouvre le plan sans trou, ni superposition.

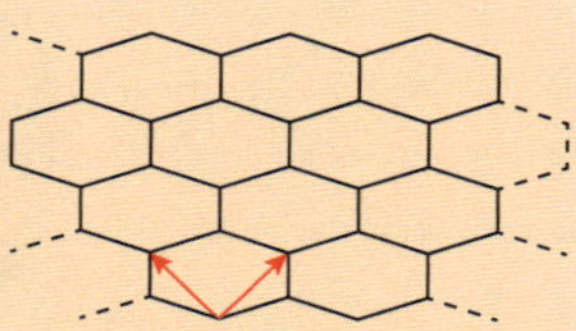

Un match sur le sable !

1 Pour baliser un terrain de foot sur la plage, Enzo, Emma et leurs copains utilisent des petits drapeaux.

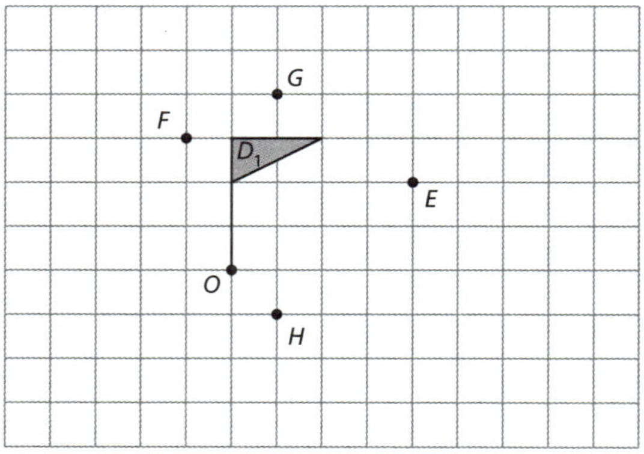

a **Trace l'image D_2 du drapeau D_1 par la translation qui transforme *F* en *G*.**

b **Trace l'image D_3 du drapeau D_1 par la translation qui transforme *E* en *H*.**

c **Trace l'image D_4 du drapeau D_1 par la translation qui transforme *F* en *H*.**

2 **a** **Quels triangles peuvent être obtenus par une translation du triangle *ABC* ? Décris ces translations.**

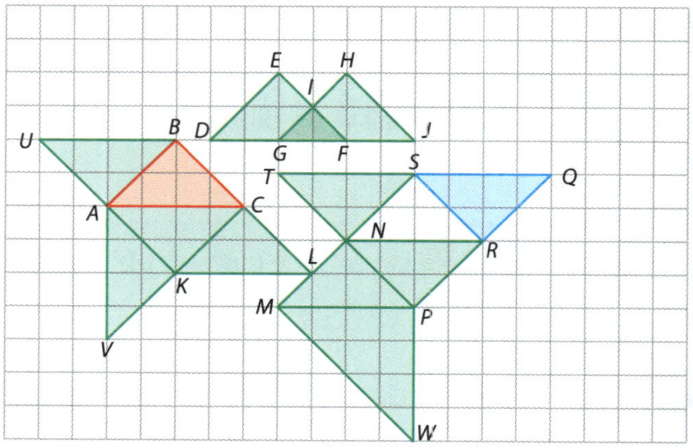

....

....

b **Quels triangles peuvent être obtenus par une translation du triangle *SQR* ? Décris ces translations.**

....

....

de plage

La bonne étoile ?

3 La figure ci-contre est constituée de six losanges superposables. **Complète les phrases suivantes.**

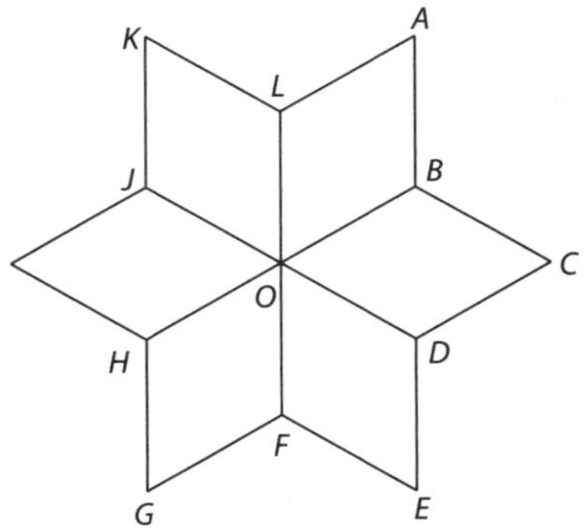

a L'image de *IJOH* par la translation qui transforme *I* en *O* est ....

b L'image de *OJKL* par la translation qui transforme *K* en *O* est ....

c L'image de *ABOL* par la translation qui transforme *L* en *O* n'est pas un losange déjà tracé. **Quelle est cette image ?** .... **Trace-la en rouge.**

4 Un sol est composé de carreaux hexagonaux (jaunes) et triangulaires (noirs). Le motif de ce carrelage (un hexagone et deux triangles équilatéraux dont le côté mesure la moitié de celui de l'hexagone) est représenté ci-dessous.

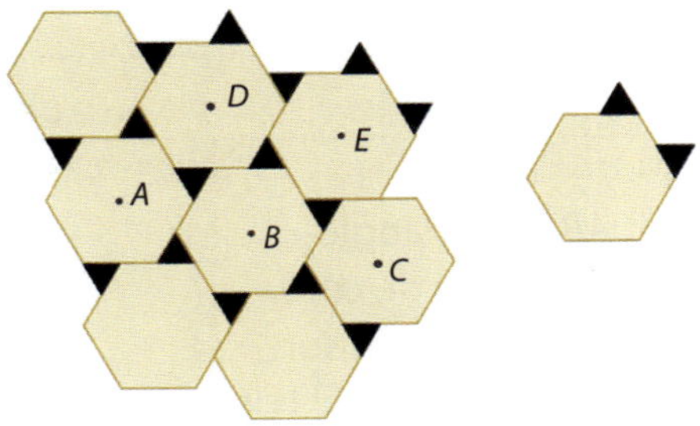

a **Quelles sont les translations qui conservent le pavage ?** Pour les désigner, utilise les points *A*, *B*, *C*, *D* et *E* de la figure.

....

....

....

b **Quelle fraction de l'aire de l'hexagone représentent les deux triangles équilatéraux ?**

....

....

....

L'EXO MÉMO

5 La figure ci-dessous est formée de triangles équilatéraux désignés chacun par un numéro.

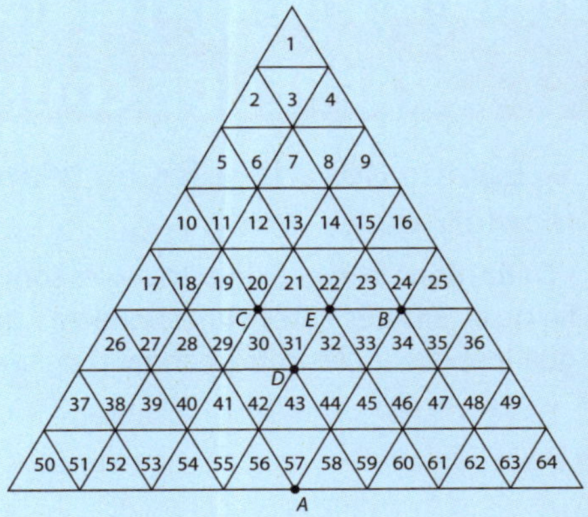

a **Quel est le transformé du triangle 40 par la translation qui transforme *C* en *E* ?**

Le triangle n° ....

b **Quel est le transformé du triangle n° 40 par la translation qui transforme *C* en *D* ?**

Le triangle n° ....

c **Quel est le transformé du triangle n° 40 par la translation qui transforme *A* en *B* ?**

Le triangle n° ....

d **Quel est le transformé du triangle n° 40 par la translation qui transforme *D* en *B* ?**

Le triangle n° ....

Course

RAPPEL DE COURS

Égalité des triangles ou triangles isométriques

• **Définition :** Dire que deux triangles sont **égaux** signifie qu'ils ont des côtés correspondants de même longueur et des angles correspondants égaux.

Ex. Les triangles sont superposables. Deux sommets qui se correspondent sont dits homologues. ABC et $A'B'C'$ sont **égaux**.

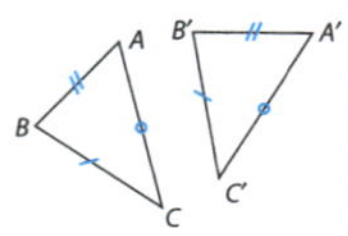

$AB = A'B'$; $BC = B'C'$; $CA = C'A'$;
$\widehat{BAC} = \widehat{B'A'C'}$; $\widehat{ABC} = \widehat{A'B'C'}$; $\widehat{ACB} = \widehat{A'C'B'}$.
A et A' sont homologues. $[AB]$ et $[A'B']$ sont homologues.

• **Cas d'égalité**

– **1er cas d'égalité :** Si deux triangles ont leurs côtés deux à deux de même longueur, alors ils sont égaux.

– **2e cas d'égalité :** Si deux triangles ont un angle égal compris entre deux côtés deux à deux de même longueur, alors ils sont égaux.

Ex. Sur la figure, $KL = PN$, $LM = PQ$ et $\widehat{KLM} = \widehat{NPQ}$.
On en déduit que les triangles KLM et NPQ sont égaux.

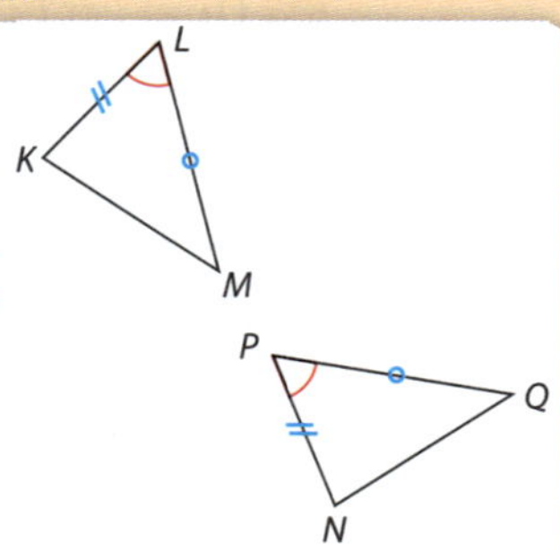

– **3e cas d'égalité :** Si deux triangles ont un côté de même longueur adjacent à deux angles égaux deux à deux, alors ils sont égaux.

Ex. On a $IK = OR$,
$\widehat{JIK} = \widehat{POR}$ et $\widehat{IKJ} = \widehat{ORP}$.
On en déduit que les triangles JIK et POR sont égaux.

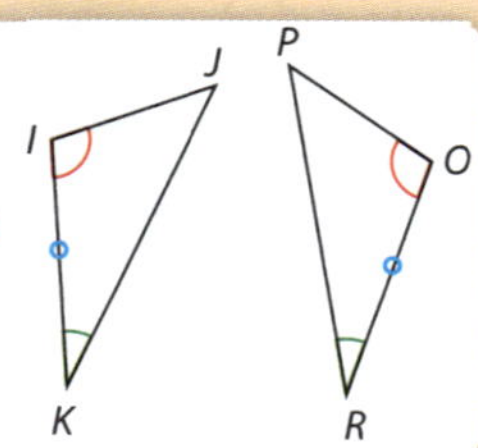

Ça souffle !

1 Une voile de bateau ABC a la forme d'un triangle isocèle en A. I et J sont les milieux respectifs de $[AB]$ et $[AC]$.

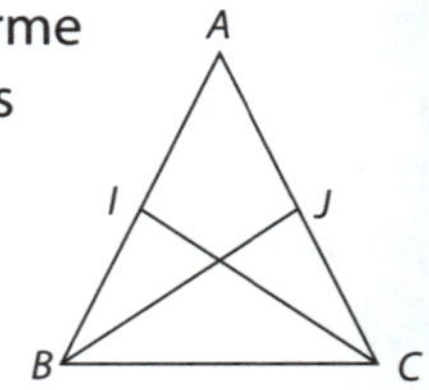

a **Montre que BIC et BJC sont égaux.**

....

....

b **Montre que $BJ = CI$.**

....

....

2 Soit $ABCD$ un parallélogramme de centre O.

Montre que les triangles AOD et BOC sont égaux.

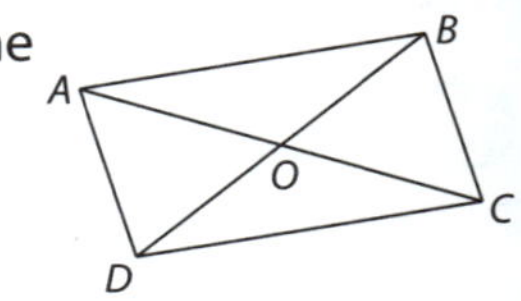

....

....

....

3 Soit ABC un triangle équilatéral de 4 cm de côté. Les points D, E et F sont sur les côtés $[AC]$, $[AB]$ et $[BC]$ tels que $CD = AE = BF$.

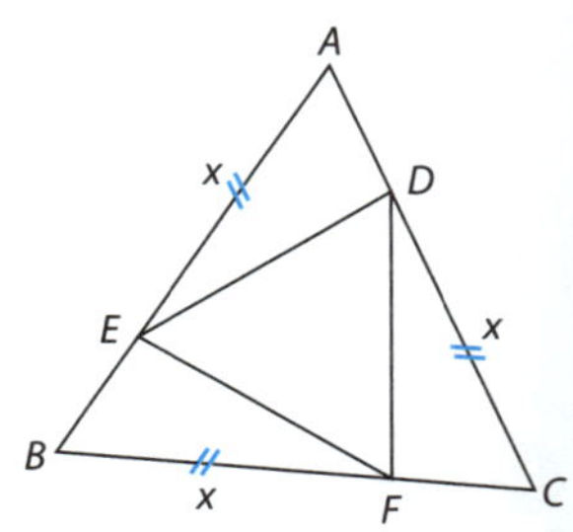

a **Montre que les triangles DCF, AED et BEF sont des triangles égaux.**

....

....

b **Démontre que DEF est un triangle équilatéral.**

On peut poser $CD = AE = BF = x$, puis exprimer AD, EB et CF.

....

....

....

....

en mer !

4 Soit *ABC* un triangle, *EABD* et *ACFG* des carrés situés à l'extérieur de *ABC*.

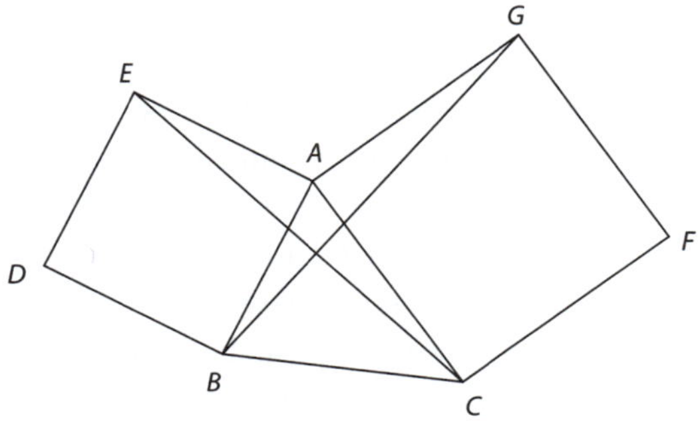

a **Montre que les triangles *EAC* et *GAB* sont des triangles égaux.**

....

....

....

b **Déduis-en que *BG* = *EC*.**

....

....

....

Tous égaux ?

5 Soit *ABC* un triangle et [*DE*] un segment.
Trace quatre triangles différents *DEF*, *DEG*, *DEH* et *DEJ* égaux au triangle *ABC*.

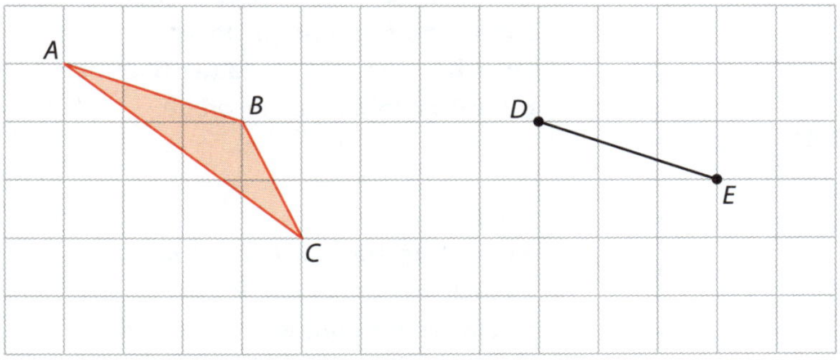

L'EXO COSTAUD

6 Soit *ABCD* un parallélogramme tel que $\widehat{BAD} = 80°$.
ABE et *BCF* sont des triangles équilatéraux situés à l'extérieur de *ABCD*.

Code la figure pour faire apparaître les égalités de longueur et les angles égaux.

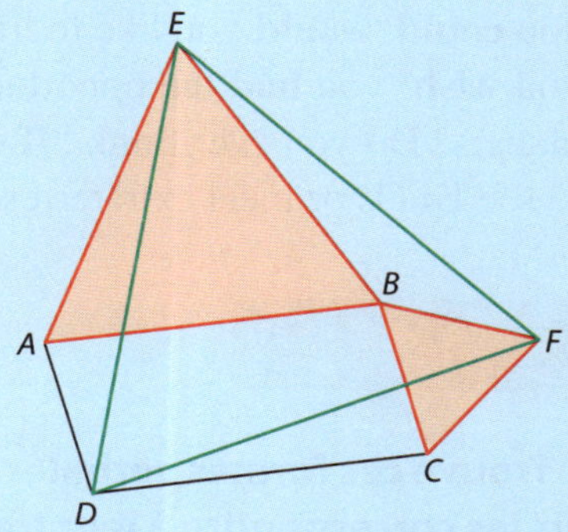

a **Montre que les triangles *ADE*, *CFD* et *BFE* sont égaux.**

....

....

....

....

....

....

b **Montre que *DEF* est équilatéral.**

....

....

....

....

....

Would you

With science fiction, people can enjoy being transported into a possible future of scientific development... where anything is possible! But **what if** it **were** real now, not just fiction? **If** you **could**, **would** you like to travel in space? Do you **wish**[1] you **had** the opportunity to visit other planets? Do you ever think "**If only** I **were** able[2] to see UFOs or meet extraterrestrials..."?

Well, many people do and they also think "**If** I **am** rich enough one day, I **will** fly to the moon or to Mars". They know that it's not impossible: a very rich American businessman, billionaire[3] Charles Simonyi, went into space in 2007 and 2009. He spent some time on the International Space Station (ISS), and he relates[4] his experience on his website: *http://www.charlesinspace.com*, but it cost him 60 million dollars! Since then, 3 other billionaires have joined the race: Richard Branson, Jeff Bezos and Jared Isaacman, whose first all-civilian flight was led by another billionaire, Elon Musk.

So would you do it **if** it **were** possible?

---

1. **wish :** *souhaiter.* **2.** **be able :** *être capable, avoir la possibilité de.* **3.** *milliardaire.* **4.** *raconte.*

Comprendre

1 **Trouve ces formes verbales dans le texte et fais les correspondre à leur traduction.**

a. what if it were real •
b. if you could •
c. would you like •
d. do you wish you had •
e. if only I were able to •
f. If I am •
g. if it were possible •
h. would you do •

• **1.** aimerais-tu
• **2.** si je suis
• **3.** si seulement je pouvais
• **4.** est-ce que tu ferais
• **5.** et si c'était vrai
• **6.** si c'était possible
• **7.** souhaiterais-tu avoir
• **8.** si tu pouvais

Tu constates qu'en anglais – comme en français – après *si* + présent on emploie le ...., et après *si* + passé on emploie le ....

2 **Fais correspondre les mots ou expressions à leur traduction.**

a. to travel •
b. in space •
c. enough •
d. moon •
e. spent •

• **1.** assez
• **2.** a passé
• **3.** dans l'espace
• **4.** lune
• **5.** voyager

Mots et expressions

Voyager dans l'espace

a spaceship *un vaisseau spatial*
a space shuttle *une navette spatiale*
a rocket *une fusée*
a UFO *un OVNI*
a flying saucer *une soucoupe volante*
a launching pad *une aire de lancement*
the countdown *le compte à rebours*
a manned flight *un vol habité*
launch *lancer* **take off** *décoller*
put into orbit *mettre en orbite*

L'espace

space *l'espace*
a shooting star *une étoile filante*
a black hole *un trou noir*
a solar eclipse *une éclipse de soleil*
the Milky Way *la Voie lactée*
shine *briller* **twinkle** *scintiller*

like to travel in space?

S'entraîner

3 Écris le verbe entre parenthèses au temps qui convient : présent ou prétérit.

a. If she (want) ...., she could be an astronaut.

b. Will you be interested if you (watch) .... *Gravity*?

c. If I (be) .... working for NASA, I'd be delighted!

d. He'd love to travel in space if he (be) .... very rich!

e. I will read *The Martian Chronicles* if you (lend) .... it to me.

4 Rédige des hypothèses avec les éléments suivants en utilisant *if*. Attention, vérifie si l'action est probable ou peu probable.

Ex. (I / work hard at school) (I / become an astronaut) → If I work hard at school, I will become an astronaut.

a. (He / be captivated) (he / see a UFO!)

....

b. (I / meet extraterrestrials) (I / learn their language)

....

c. (You / come with me) (I / watch the sci-fi film)

....

d. (Of course we / come with you) (you / invite us for a visit of your rocket)

....

....

RAPPEL DE COURS

L'hypothèse

Les subordonnées introduites par ***if*** expriment une hypothèse. Elle peut être plus ou moins plausible.

- Hypothèse probable : subordonnée en ***if*** + présent → principale au futur (***will***)

> **Ex.** If he **reads** science fiction, he **will** discover a different world.
> *S'il lit de la science-fiction, il découvrira un tout autre monde.*

- Hypothèse moins probable : subordonnée en ***if*** + prétérit → principale au conditionnel (***would*** / ***could*** / ***should*** – on trouve souvent la forme contractée de ***would*** → ***'d***)

> **Ex.** **If** I **had** enough money, I **would** / **I'd** travel in space.
> *Si j'avais assez d'argent, je voyagerais dans l'espace.*
> **If** he **became** an astronaut, he **could** fly a rocket!
> *S'il devenait astronaute, il pourrait piloter une fusée.*

Attention : si le verbe de la subordonnée est ***be***, le prétérit est ***were*** à toutes les personnes (idée de non-réalité).

- Quand ***if*** est accompagné d'une négation (***if... not***), il peut être remplacé par ***unless***.

> **Ex.** He wouldn't fly a rocket **unless** he were an astronaut.
> *Il ne piloterait pas de fusée à moins d'être astronaute.*

5 Utilise *unless* pour remplacer *if*. N'oublie pas de mettre la principale à la forme négative.

Ex. I will become an astronaut if I work hard at school. → I won't become an astronaut unless I work hard at school.

a. He will write another science fiction novel if his first book is a success.

....

b. You'll believe in UFOs if you see one.

....

Le système nerveux

RAPPEL DE COURS

Effectuer un mouvement

Les **organes des sens** permettent de détecter de nombreuses informations en provenance de l'environnement. Un **message nerveux** naît alors. Il est **transmis** et permet une **réaction appropriée**.

Message nerveux sensitif → Centres nerveux : 2. cerveau 3. moelle épinière → Message nerveux moteur

A : Nerf sensitif — B : Nerf moteur

Stimulus : ballon → 1. Organe récepteur : œil → (A : Nerf sensitif) → Centres nerveux → (B : Nerf moteur) → 4. Organe effecteur : muscle du bras → Réponse au stimulus : contraction musculaire et mouvement des bras

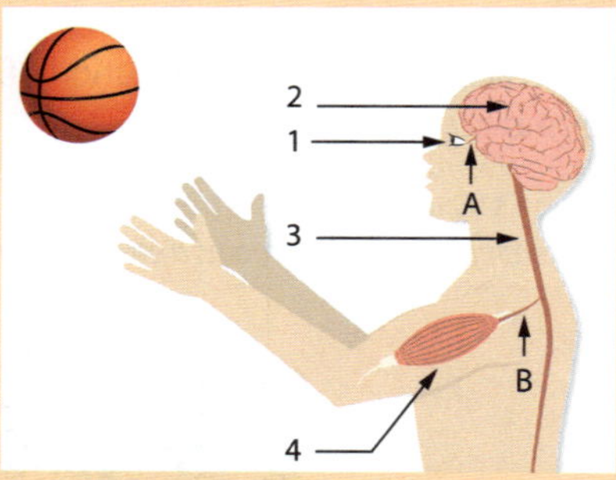

La commande du mouvement.

Les messages nerveux

- Les messages nerveux circulent au sein d'un réseau de cellules nerveuses : les **neurones**.
- Le message nerveux est de nature **électrique** dans les neurones. Une **synapse** est un contact entre deux neurones consécutifs d'un circuit. Le message nerveux passe d'un neurone à l'autre, au niveau des synapses, à l'aide de molécules appelées **neurotransmetteurs**.

Un système nerveux fragile

Certains comportements comme le manque de sommeil ou la consommation de substances psychotropes (drogues, alcool) perturbent l'activité nerveuse. Une **conduite responsable** est donc indispensable.

1 **Indique la bonne réponse à la question puis justifie ton choix.**

« Quel(s) message(s) nerveux est (sont) transmis quand vous cueillez une fleur ? »

a. Paul : « Un centre nerveux émet des messages nerveux vers l'œil et la main. »

b. Zoé : « Un centre nerveux reçoit un message nerveux de l'œil et émet un message nerveux vers la main. »

c. Léa : « Un centre nerveux reçoit un message nerveux de la main et émet un message nerveux vers l'œil. »

La bonne affirmation est la ....

car ....

2 **Complète le schéma fonctionnel ci-dessous en reprenant l'exemple de l'exercice précédent.**

Fleur → Organe des sens .... → Message .... → Centre nerveux .... → Message .... → Organes moteurs .... → Cueillette

3 Lors d'une expérimentation, on mesure la distance de réaction et la distance de freinage d'une voiture lancée à 50 km/h, conduite par un individu à jeun ou par un individu alcoolisé.
Les résultats de ces mesures sont donnés dans le tableau suivant (D_R : distance parcourue pendant le temps de réaction ; D_F : distance parcourue pendant le temps de freinage).

Alcoolémie (g/L de sang)	Distance d'arrêt = $D_R + D_F$	
	D_R (mètres)	D_F (mètres)
0	14	16
0,5	22	16
0,8	26	16

Selon ces résultats, quels sont les effets de l'alcool sur la réactivité d'un individu et le freinage ?

....

....

Masse, volume et masse volumique

1 **Complète les phrases suivantes.**

a. Le gramme est une unité de ....

b. La masse se mesure avec une ....

c. Une éprouvette permet de mesurer un ....

d. L'unité usuelle de volume est le ....

e. La .... a pour unité le g/cm³.

2 Lors d'une séance de travaux pratiques, on réalise les expériences suivantes.

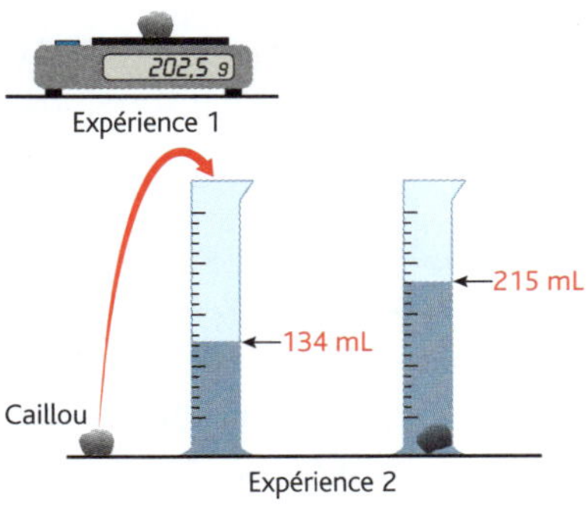

a. Quels sont les appareils de mesure utilisés lors de ces expériences ?

....

....

b. Indique le but de chaque expérience puis détermine la masse et le volume du caillou.

....

c. Calcule en g/cm³, la masse volumique du caillou.

....

3 Un archéologue a découvert une bague sur un chantier de fouille. Il a réalisé et noté les mesures suivantes.
Masse de la bague : 179,5 g ;
Volume d'eau déplacé par la bague : 9,3 mL.

Utilise les mesures de l'archéologue pour déterminer la nature du métal de la bague.

....

RAPPEL DE COURS

Masse d'un liquide ou d'un solide

La **masse** d'un corps s'exprime en **kilogramme (kg)** et se mesure à l'aide d'une **balance**. En classe, on utilise une unité plus petite, le **gramme (g)**.

kg (kilogramme) → ×1 000 → g (gramme) → ×1 000 → mg (milligramme)
mg (milligramme) → ÷1 000 → g (gramme) → ÷1 000 → kg (kilogramme)

Volume d'un liquide ou d'un solide

- Le **volume** d'un corps s'exprime en **centimètre cube (cm³)** ou en **litre (L)**.

L (litre) → ×1 000 → mL (millilitre)
mL (millilitre) → ÷1 000 → L (litre)

1 mL = 1 cm³
1 L = 1 dm³
1 000 L = 1 m³

La masse volumique d'un corps

- La **masse volumique** permet d'identifier un corps.

$$\rho = \frac{m}{V}$$

Masse volumique (g/cm³) : ρ ; masse (g) : m ; volume (cm³) : V

- Cette relation peut aussi s'écrire :

$m = \rho \times V$ $\qquad$ $V = \frac{m}{\rho}$

- Masse volumique de quelques solides

Solide	Masse volumique
aluminium	2,7 g/ cm³
fer	7,9 g/cm³
cuivre	8,9 g/cm³
or	19,3 g/cm³

4 **Calcule la masse de 2 m³ de sable sachant que la masse volumique du sable est de 1 600 kg/m³.**

....

BILAN de la séquence 8

Pour chaque question, coche la (ou les) bonne(s) réponse(s).
Ensuite, reporte-toi aux corrigés du livret détachable (page 21) et inscris ton score sur 10.

Français

1 Complète la phrase « *L'enfant … amusé à trouver le trésor.* ».

a. ses ☐ **b.** c'est ☐ **c.** s'est ☐

2 Après quelle proposition attend-on du subjonctif ?

a. Je crois que… ☐
b. Je veux que… ☐
c. J'imagine que… ☐

Maths

3 Le point *A* a pour image le point *B* par la translation qui transforme *B* en *C*, donc :

a. *A* est le milieu de [*BC*]. ☐
b. *B* est le milieu de [*AC*]. ☐
c. *C* est le milieu de [*AB*]. ☐

4 Quelle figure bleue peut être l'image de la figure blanche par translation ?

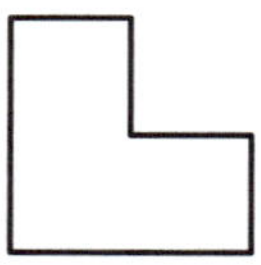

a. ☐

b. ☐

c. ☐
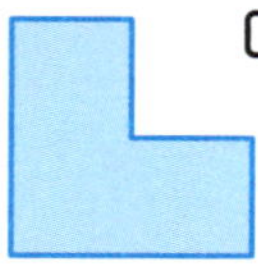

5 Deux triangles sont égaux si :

a. ils ont deux côtés de même longueur et un angle égal. ☐
b. ils ont deux angles de même mesure. ☐
c. ils ont trois côtés deux à deux de même longueur. ☐

6 Pour que les triangles *ABC* et *DEM* soient égaux, il suffit de placer *M* en :

a. *F* ☐ **b.** *G* ☐ **c.** *H* ☐

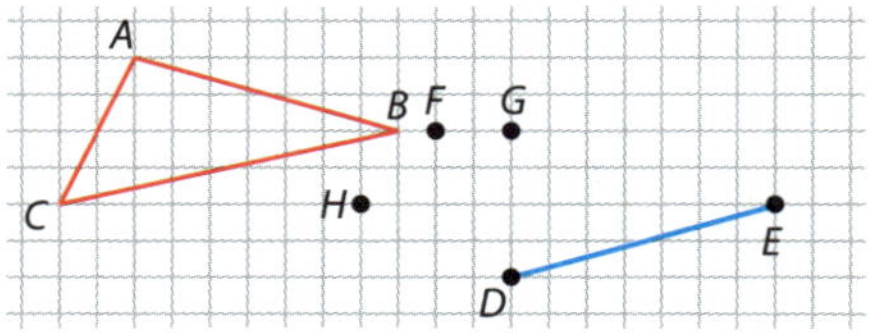

Anglais

7 Quelle est la question correcte ?

a. You'll be interested if I come? ☐
b. Will you be interested if I come? ☐
c. Would you be interested if I come? ☐

8 Complète la phrase : « *If he … an astronaut, he … famous!* » avec les verbes qui conviennent.

a. was / would be ☐
b. were / would be ☐
c. was / will be ☐

SVT

9 Le circuit d'un message nerveux est :

a. centre neveux – organe des sens – organe moteur. ☐
b. centre neveux – organe moteur – organe des sens. ☐
c. organe des sens – centre neveux – organe moteur. ☐

Chimie

10 La masse volumique :

a. se mesure avec une éprouvette graduée. ☐
b. permet d'identifier un corps. ☐
c. peut s'exprimer en g/cm³. ☐

Total …. / 10

Séquence 9

Compte

Si t'as besoin de moi, peu importe le problème, pour te tendre la main si les autres portes se referment. La mienne est ouverte sans question, sans conditions, faut juste s'entendre sur la date j'ai des obligations.

Tu peux compter sur moi, quand tu veux et où que ce soit, je serai toujours là pour toi, tu peux compter sur moi, mais surtout n'oublie pas...

Faut pas que ce soit trop loin, j'prends pas l'avion j'ai trop peur, j'prends pas non plus le bateau parce que j'ai le mal de mer. Je peux venir en train mais je voyage en première, comme j'conduis pas, pour la voiture il me faut un chauffeur. Sinon, à part ça, tu peux compter sur moi. Si tu as perdu le goût et perdu le chemin, si tu tiens à peine debout, si c'est la peine qui te tient. Si tu te sens seul, si t'as besoin d'une épaule, si tu te sens mal, t'hésites pas, tu m'appelles.

Tu peux compter sur moi, quand tu veux et où que ce soit, je serai toujours là pour toi, tu peux compter sur moi, mais surtout n'oublie pas...

Le week-end ça m'arrange pas, la semaine j'suis pas trop joignable. Les vacances pourquoi pas, sauf que je coupe mon portable. Je peux je crois en juin, mais vaut mieux que je vérifie. Dimanche en huit je fais rien, ah non ! Je serai pas à Paris. Sinon, à part ça, tu peux compter sur moi. Faut pas que ce soit trop loin et faut choisir le bon jour, mais je serai là pour toi, j'espère que tu en es sûr. Tu me raconteras tes malheurs, j'dirai des banalités, on parlera pendant des heures et si c'est pas assez, j'te jouerai n'importe comment les morceaux de Joe Dassin, on sortira les trompettes et tant pis pour les voisins.

Si un jour ça va pas, j'espère que tu viendras… je compte sur toi.

Bénabar,
Tu peux compter sur moi, paroles et musique : Bénabar,

Lecture et compréhension

1 **a. Cette chanson comporte :**

☐ trois strophes et un refrain.

☐ trois couplets et un refrain.

b. L'humour de cette chanson repose sur :

☐ des jeux de mots.

☐ les contradictions inconscientes du personnage.

c. Ce texte est :

☐ ironique. ☐ descriptif. ☐ argumentatif.

Vocabulaire

2 **Cette chanson ne comporte pas vraiment de rimes mais certaines sonorités se répètent parfois. Entoure les sons répétés en fin de groupe de mots dans les lignes 3 à 8.**

3 **Complète ce texte avec les mots suivants :** ***strophes, vers, quatrains, alexandrin, riment, tercets.***

Les poèmes sont constitués d'un nombre régulier de syllabes par .... Un des plus courants est l'................................ qui comporte douze syllabes. Les vers .... deux à deux et sont parfois regroupés en .... Celles qui rassemblent quatre vers sont appelées « .... », celles qui en rassemblent trois sont appelées « .... ».

Orthographe

4 Accorde les participes passés si nécessaire.

Bénabar a reçu...... de nombreux prix : en 2004, son album *Les Risques du métier* a été sacré...... meilleur album ; en 2007, sa chanson « Le Dîner » a été récompensé...... par le prix de la chanson originale de l'année. Les thèmes simples qu'il a exploré...... jusqu'à présent facilitent l'identification des auditeurs. Ainsi, ses textes ont souvent évoqué...... les petits faits de la vie quotidienne, les étapes de la vie, ou l'amour et les copains. Et si les chansons qu'il a écrit...... sont parfois teinté...... de mélancolie, elles ne sont jamais dépourvu...... d'humour.

Grammaire

5 a. Souligne les verbes impersonnels dans ces extraits de la chanson.

« Je peux je crois en juin, mais vaut mieux que je vérifie. »

« Faut pas que ce soit trop loin et faut choisir le bon jour, mais je serai là pour toi. »

b. Que manque-t-il à ces groupes verbaux ? Déduis-en le niveau de langue de la chanson.

....

6 Transforme ces phrases de façon à faire apparaître un verbe impersonnel.

Ex. Des problèmes sont survenus. → Il est survenu des problèmes.

a. Aucun incident désagréable ne s'est produit lors de la tournée.

....

b. Trois places sont restées vides au premier rang.

....

c. Une pluie d'applaudissements s'est abattue sur les musiciens.

....

d. La réservation de sa place à l'avance est recommandée.

....

RAPPEL DE COURS

L'accord du participe passé

• Si le participe passé est conjugué avec l'auxiliaire ***être***, il **s'accorde avec le sujet**.

Ex. Elles sont parti**es**.

• Si le participe passé est conjugué avec l'auxiliaire ***avoir***, il **s'accorde avec le COD** si celui-ci est **placé avant l'auxiliaire**. Sinon, le participe passé est invariable.

Ex. Quels DVD les enfants ont-ils regard**és** ?
COD
Les enfants ont regard**é** des DVD.
COD

• Employé **sans auxiliaire**, le participe passé **s'accorde avec le nom** qu'il qualifie.

Ex. Ils ont regardé des DVD **achetés** sur Internet.

La forme impersonnelle

• Dans cette construction verbale, le sujet est le pronom invariable ***il*** qui ne représente ni un être ni un objet.

Ex. **Il** faut que je me repose.

• Certains verbes n'existent qu'à cette forme : on les appelle « les **verbes impersonnels** ».

Ex. il neige, il pleut, il faut, il s'agit...

• D'autres verbes peuvent avoir une forme tantôt **personnelle**, tantôt **impersonnelle**.

Ex. Il manque des preuves.
Des preuves manquent.

• Certains de ces verbes sont **pronominaux**.

Ex. Il **s'**est **vendu** beaucoup de CD.

• D'autres sont à la **forme passive**.

Ex. Il **a été prouvé** que Johnson était l'assassin.

Une drôle

Attention au feu !

1 Lucie et Emmanuel vont visiter un château. À la boutique de souvenirs, on vend des bougies parfumées de différentes couleurs.
La bougie mauve a la forme d'un cône de révolution de sommet S ; sa base est limitée par un cercle de centre C et de diamètre $AB = 10$. De plus on sait que la mesure de sa génératrice SA est égale à 13.

a **Montre que la hauteur de la bougie mesure 12 cm.**

Pense au théorème de Pythagore.

....

....

b **Calcule la valeur exacte du volume de la bougie en cm³. (On écrira cette valeur sous la forme $k \times \pi$ où k est un nombre entier.)**

....

c Les bougies roses sont cubiques de 7 cm d'arête, les bougies jaunes sont cylindriques de 3 cm de rayon et de 12 cm de hauteur et les bougies bleues ont la forme d'une pyramide à base carrée de 9 cm de côté et de 10 cm de hauteur.

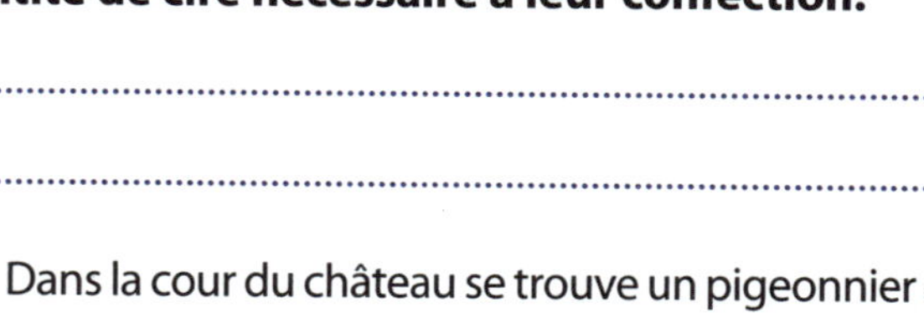

Classe les quatre types de bougie en fonction de la quantité de cire nécessaire à leur confection.

....

....

2 Dans la cour du château se trouve un pigeonnier d'une hauteur totale de 15 mètres. Il est formé d'une tour cylindrique de 6 mètres de rayon surmontée d'un toit conique.

a **Quelle est la hauteur de la tour sachant qu'elle est égale aux deux tiers de la hauteur totale ?**

....

b **Trouve la valeur exacte de l'aire de la surface latérale de la tour cylindrique.**

....

RAPPEL DE COURS

Unités

• 1 m³ = 1 000 dm³ • 1 L = 10 dL • 1 L = 1 dm³ • 1 mL = 1 cm³

Formules

• **Pavé droit (parallélépipède rectangle)**
$V = a \times b \times c$

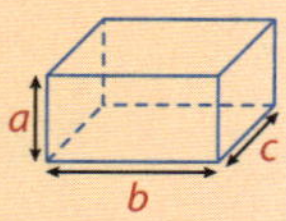

• **Prisme droit ou cylindre** $V =$ **aire de la base × hauteur**

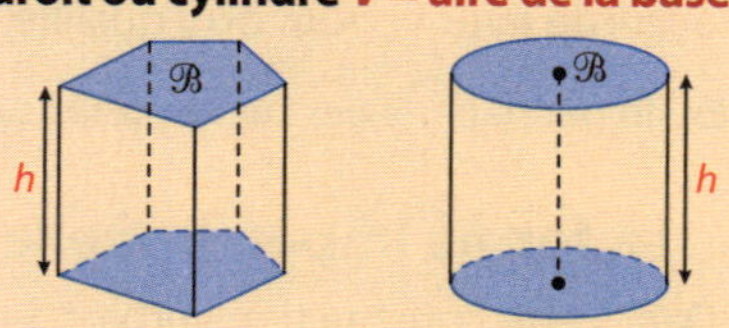

• **Pyramide ou cône** $V = \dfrac{\text{aire de la base} \times \text{hauteur}}{3}$

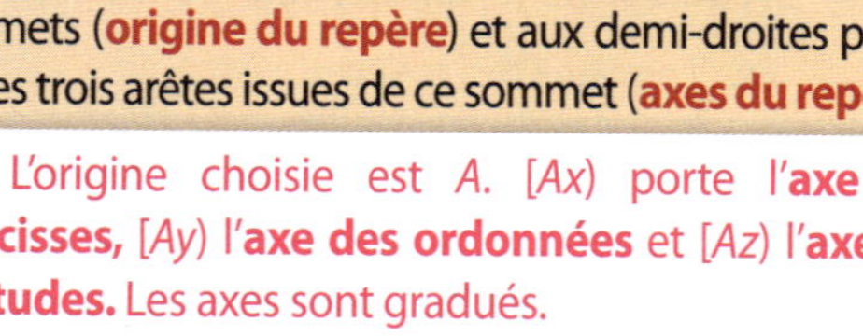

Repérage dans un pavé droit

On peut se repérer dans un pavé droit par rapport à l'un des sommets (**origine du repère**) et aux demi-droites portées par les trois arêtes issues de ce sommet (**axes du repère**).

Ex. L'origine choisie est A. $[Ax)$ porte l'**axe des abscisses,** $[Ay)$ l'**axe des ordonnées** et $[Az)$ l'**axe des altitudes.** Les axes sont gradués.
Tout point M du pavé peut être repéré par trois nombres appelés les **coordonnées** de M : x_M est son **abscisse**, y_M son **ordonnée** et z_M son **altitude** (ou **cote**). On note $M(x_M ; y_M ; z_M)$.
On a : $A(0 ; 0 ; 0)$;
$B(4 ; 0 ; 0)$; $C(4 ; 6 ; 0)$;
$D(0 ; 6 ; 0)$; $E(0 ; 0 ; 2)$;
$F(4 ; 0 ; 2)$; $G(4 ; 6 ; 2)$
et $H(0 ; 6 ; 2)$

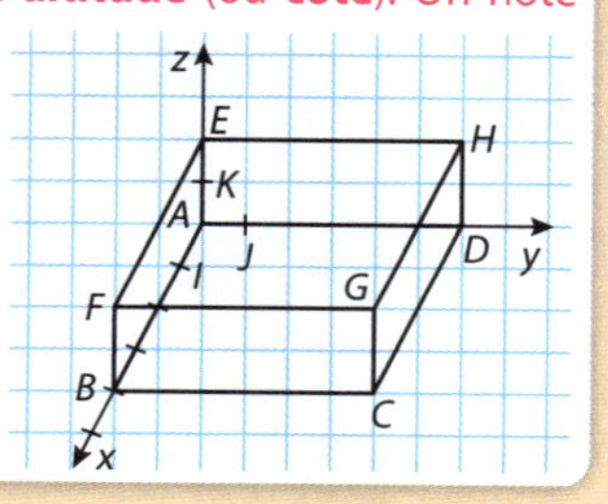

de maison !

c Quel est le volume total du pigeonnier ? Donne la valeur exacte, puis l'arrondi au mètre cube.

....

....

La valeur exacte dépend de π.

Cône au chocolat ou cône à la vanille ?

3 L'enseigne d'un glacier est composée de deux cônes de révolution de même diamètre 24 cm et de même hauteur 40 cm.

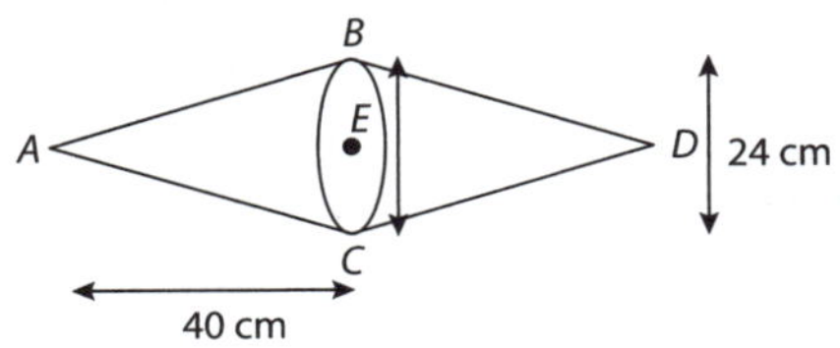

Calcule le volume de l'enseigne. Donne d'abord la valeur exacte en cm³, puis la valeur en dm³ arrondie au dm³.

....

....

4 *ABCDEFGH* est un pavé droit tel que : *AB* = 12 cm, *AD* = 8 cm, *AE* = 5 cm.

On considère un repère d'origine *A*. [*AB*) porte l'axe des abscisses, [*AD*) l'axe des ordonnées et [*AE*) l'axe des altitudes.

a Sachant que *M* a pour altitude 4, donne son abscisse et son ordonnée. ....

b Donne les coordonnées des sommets du pavé.

....

c Donne les coordonnées du milieu *R* de [*AB*] et du milieu *S* de [*HG*]. ....

d Place le point *T*(12 ; 2 ; 5).

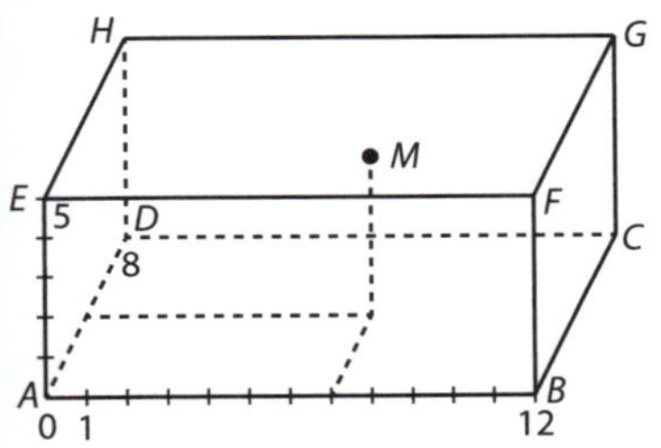

L'EXO COSTAUD

5 Soit *ABCDEFGH* un parallélépipède rectangle.

FE = 12 cm ; *FG* = 9 cm ; *FB* = 3 cm ; *FN* = 4 cm ; *FM* = 3 cm ; *M* ∈ [*FG*] et *N* ∈ [*FE*].

a Calcule *MN*.

....

....

b Montre que l'aire de *FNM* est égale à 6 cm².

....

....

c Calcule le volume de la pyramide (*P*) de sommet *B* et de base le triangle *FNM*.

....

....

....

d On considère à présent le solide *ABCDENMGH* obtenu en enlevant la **pyramide (*P*)** au parallélépipède rectangle.

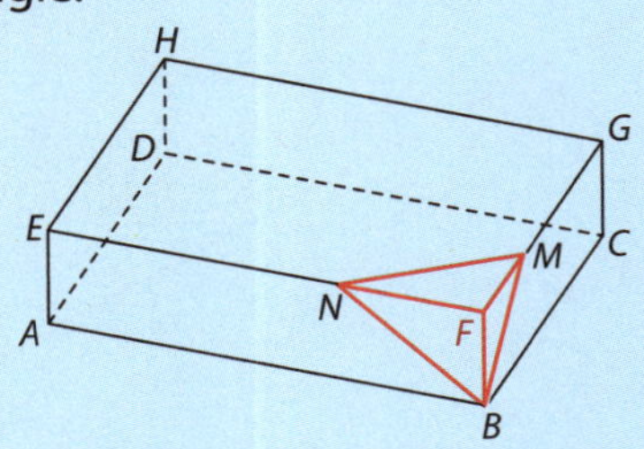

• **Quel est le nombre de faces de ce solide ?**

....

• **Calcule son volume.**

....

....

Partir à

Le bâton magique ...

1 Dans le film *Les Aventuriers de l'Arche perdue*, Indian Jones et Belloq rivalisent pour trouver l'ouverture du « Puit des Âmes » représenté sur la maquette de la cité de Tanis Chacun possède un bâton équipé d'une pierre précieus qui dévie les rayons du Soleil jusqu'à cette ouverture.
Avec son bâton [*SB*] d'une longueur de 6 kadams (enviro 1,8 m), Belloq trouve que l'ouverture *F* se situe à 7 m de *S*
Indiana Jones sait que la longueur du bâton doit être réduite de 1 kadam. Il utilise un bâton plus court [*SJ*].

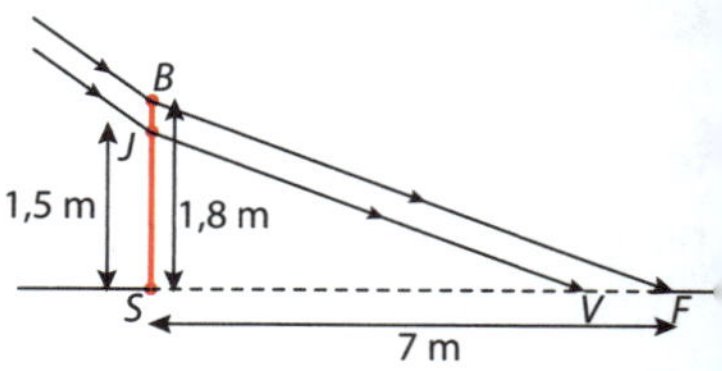

À quelle distance de *S* se trouve l'emplacement de la vraie ouverture *V* ?
On suppose que les rayons du Soleil sont parallèles.

....

....

....

2 Ines et Amine veulent calculer la largeur de la rivière. Ils plantent un bâton de 1,30 m sur la rive en *Q*. Amine se place à 2 m du bâton en *P* de façon que ses yeux *O*, le sommet du bâton *S* et la rive opposée *E* soient alignés. Ses yeux sont à 1,50 m du sol.

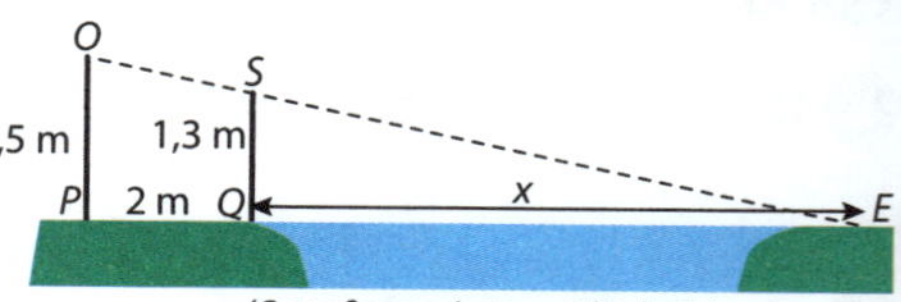

(Cette figure n'est pas à l'échelle)

Calcule la largeur *x* de la rivière.

....

....

....

3 Ines et Amine participent à un cross. Leur parcours est représenté sur le schéma ci-contre.
$AB = 400$ m et $AC = 300$ m.
$\widehat{BAC} = 90°$, $BE = 2\ BA$ et (*BC*) et (*DE*) sont parallèles.

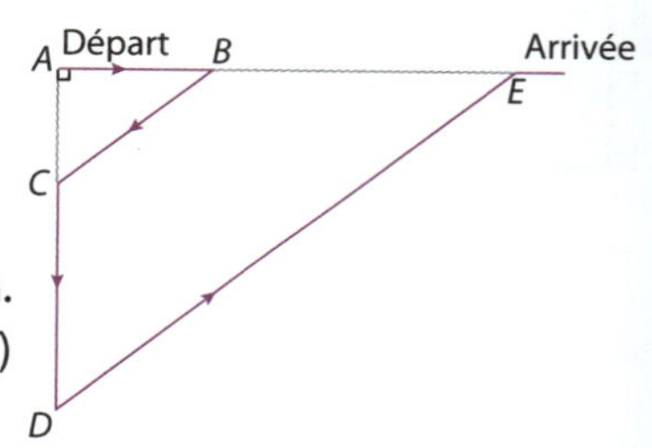

RAPPEL DE COURS

Théorème de Thalès

Soit *ABC* un triangle.

- **Si *M* est sur [*AB*], si *N* est sur [*AC*] et si (*MN*) est parallèle à (*BC*), alors : $\frac{AM}{AB} = \frac{AN}{AC} = \frac{MN}{BC}$.**

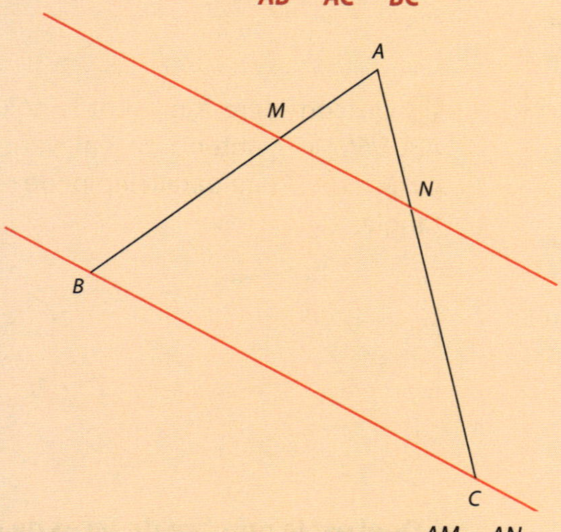

- Si *M* est sur [*AB*], si *N* est sur [*AC*] et si $\frac{AM}{AB} \neq \frac{AN}{AC}$ alors (*MN*) et (*BC*) ne sont pas parallèles.

Réciproque du théorème de Thalès

- Soit *ABC* un triangle.

Si *M* est sur [*AB*], si *N* est sur [*AC*] et si $\frac{AM}{AB} = \frac{AN}{AC}$ alors les droites (*MN*) et (*BC*) sont parallèles.

l'aventure !

a Calcule *BC*.

b Calcule *AD*, puis *CD*.

c Calcule *DE*.

d Quelle est la longueur du parcours *ABCDE* ?

En plein ciel !

4 Un cerf-volant a la forme du quadrilatère *PAFC*. L'unité de longueur est le mètre.
On sait que $PA = PC = 2$; $FA = FC = 1{,}5$; $\widehat{APC} = 90°$.

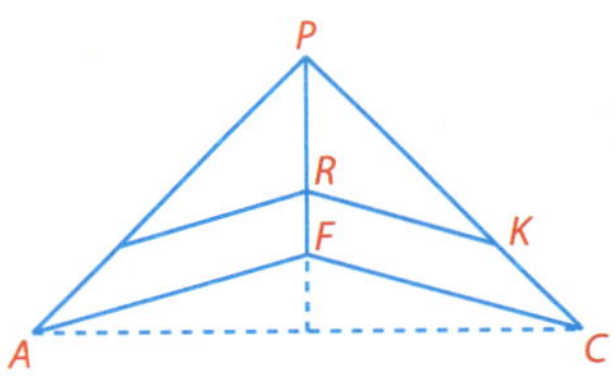

a Démontre que la droite (*PF*) est la médiatrice du segment [*AC*].

b Détermine l'arrondi au dixième de *AC*.

c Une des armatures [*KR*] est parallèle à la droite (*FC*) et a pour extrémité le point *K* tel que $PK = 1{,}4$ m.
Calcule la longueur de cette armature [*KR*].

5 Sur la figure ci-contre :
$AB = 7$ cm ; $AC = 4{,}9$ cm ; $IB = 3$ cm.
Les droites (*JC*) et (*IB*) sont parallèles.
Démontre que le triangle *JCB* est isocèle.

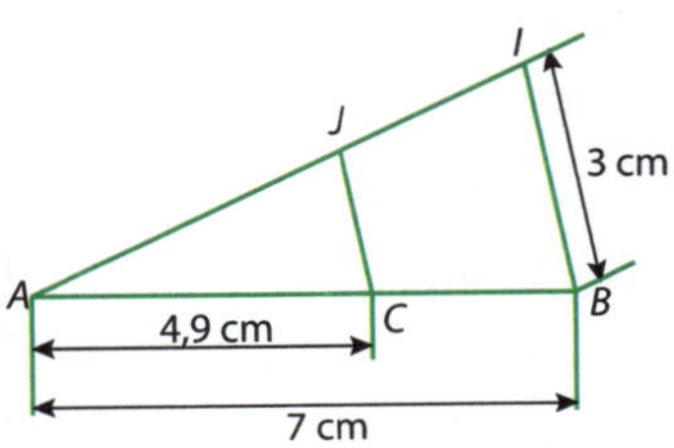

L'EXO MÉMO

6 Pour trouver la hauteur d'une éolienne, on a les renseignements suivants.
Les points *O*, *A* et *C* sont alignés ; les points *O*, *B* et *D* sont alignés.
Les angles $\widehat{OAB}$ et $\widehat{ACD}$ sont droits.

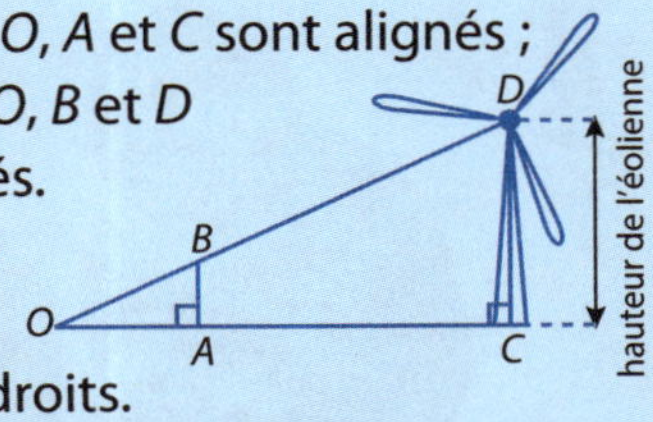

$OA = 11$ m ; $AC = 594$ m ; $AB = 1{,}5$ m.
Le schéma n'est pas représenté en vraie grandeur. Le segment [*CD*] représente l'éolienne.

a Explique pourquoi les droites (*AB*) et (*CD*) sont parallèles.

b Calcule la hauteur *CD* de l'éolienne.

L'EXO COSTAUD

7 L'unité de longueur est le centimètre.
Sur la figure ci-contre, on a : $AE = 5{,}6$; $AB = 8$; $AF = 4{,}2$; $FC = 1{,}8$; $BC = 7$.

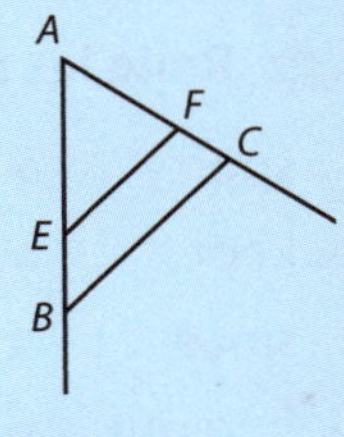

a Démontre que (*BC*) et (*EF*) sont parallèles.

b Calcule *EF*.

Australia:

Have you ever played beach volley? This is Bondi Beach in Sydney, Australia and, as you can see, the Australians love and practice many sports, including beach volley, swimming and surfing.

Australia **has** always **been** a very sporty country ever since it was colonized by the English in the late 18th century. The Australians **have kept** traditional English sports such as cricket, rugby, netball[1] and lacrosse – sports which **have** been **played** since the 18th century – but they **have** also **created** their own[2] sports, like Aussie Rules[3] which is a mix between football, rugby and volleyball and can be quite violent…

Australia **has won** many medals at the Olympic Games (they won 46 medals in 2021) and their Rugby League team **has been** World Champion twice, in 1991 and 1999. The next World Cup is in 2019 in Japan but the rugby World championship **has** only **existed** for 35 years: **has** any northern hemisphere team ever **been** World Champion? Why don't you find out?

1. *basketball féminin joué en extérieur.* 2. **their own sports :** *leurs propres sports.* 3. **Aussie Rules :** *football australien.*

Comprendre

1 Vrai ou faux ? Coche la bonne réponse.

	True	False
a. Australians don't like sports.	☐	☐
b. In the past, Australia was an English colony.	☐	☐
c. Australians still play old English sports.	☐	☐
d. Australia won 46 olympic medals in 2021.	☐	☐
e. Australia's rugby team is very good.	☐	☐

2 Relie les mots suivants à leur traduction.

a. sporty •	• 1. déjà
b. kept •	• 2. deux fois
c. since •	• 3. gagné
d. find out •	• 4. beaucoup de
e. strange •	• 5. mélange
f. mix •	• 6. se renseigner
g. won •	• 7. sportif
h. many •	• 8. depuis
i. twice •	• 9. bizarre, étrange
j. ever *(l. 1)* •	• 10. gardé

Mots et expressions

Down Under *surnom donné par les Anglais à l'Australie (située en bas, en dessous, sur le globe terrestre)*
Aussie = Australian

Quelques sports d'extérieur

bushwalking *randonnée dans le bush, en Australie*
hiking / walking *randonnée*
rock climbing *escalade*
paragliding *parapente*
scuba-diving *plongée sous-marine*
rollerblading *roller (le sport)*
skateboarding *skateboard (le sport)*
a football practice (nom) *un entraînement de football*
practise (verbe) **a sport** *pratiquer un sport*
win a match / a medal *gagner un match / une médaille*
earn money *gagner de l'argent*
skate *patiner*

a sporty country

S'entraîner

3 Transforme les phrases comme l'exemple en utilisant *for* ou *since*.

Ex. He has played cricket for four years (2018).
→ He has played cricket since 2018.

a. They've played tennis for three hours (1 pm).

....

b. I've practised karate since March (five months).

....

c. We've been skating for two hours! (8 pm).

....

4 Lis ces phrases au *present perfect*, et indique s'il s'agit d'un bilan (B), d'une expérience personnelle (E) ou s'il y a conséquence sur le présent (C).

a. Oh! You've lost the ball! ....

b. I've never played rugby. ....

c. She's already tried scuba-diving. ....

d. Yes, we have been paragliding. ....

5 Conjugue les verbes entre parenthèses au *present perfect*.

a. Oh no! Someone (steal) .... my racket!

b. He (play) .... for the Australian National team since 2016.

c. (play / you / ever) .... cricket?

d. I (try / never) .... rock climbing.

6 Écris le verbe entre parenthèses au temps qui convient : *present perfect* ou prétérit.

a. He (buy) .... new roller-skates last week.

b. This cricket bat (be) .... in our family for a long time.

c. She (play) .... two tennis matches yesterday.

d. Somebody (steal) .... my bike! Now I have to walk.

RAPPEL DE COURS

Le *present perfect*

Le ***present perfect*** (***have*** + participe passé) exprime le résultat **présent** d'une action ; il permet donc de faire un bilan, de parler d'une expérience personnelle ou de la conséquence sur le présent d'une action passée.

- Bilan sur une vie entière :

> **Ex.** I**'ve** never **played** cricket. *Je n'ai jamais joué au cricket.*
> He**'s** always **loved** football. *Il a toujours aimé le football.*

- Conséquence sur le présent :

> **Ex.** I**'ve forgotten** my racket. *J'ai oublié ma raquette.*
> (donc je ne peux pas jouer au tennis)
> He**'s** already **visited** Australia. *Il a déjà visité l'Australie.*
> (expérience personnelle dont on parle au présent et dont on ne précise pas la date)

- Il ne faut pas confondre le ***present perfect*** avec le passé composé français auquel il ressemble. L'équivalent du passé composé est le **prétérit** quand on parle d'actions **passées**, **datées**, **terminées**, sans conséquence sur le présent.

For, since et *ago*

- ***for*** + expression de durée :

> **Ex.** He **has lived** in Sydney **for** 15 years.
> *Il vit à Sydney depuis 15 ans.*

On peut employer ***for*** avec tous les temps.

- ***since*** + expression d'un moment précis :

> **Ex.** I**'ve lived** in Melbourne **since** I was born (in 1996).
> *Je vis à Melbourne depuis ma naissance (en 1996).*

Dans ces deux cas, le **verbe est au présent** en français. En revanche, on emploie le **prétérit** avec ***ago***, puisque le moment dont on parle est passé :

- verbe au prétérit + durée écoulée + ***ago*** :

> **Ex.** She moved to Paris fifteen years ago.
> *Elle a déménagé à Paris il y a 15 ans.*

La Troisième République

RAPPEL DE COURS

Une naissance difficile

• La IIIe République est proclamée le **4 septembre 1870**. L'opinion publique reste longtemps divisée entre idées monarchistes et idées républicaines. Les Républicains ne s'imposent véritablement qu'à partir de 1876.

• La IIIe République doit faire face à des **crises**. La **Commune de Paris** (mars-mai 1871) est une révolte qui éclate car le peuple refuse la défaite contre la Prusse, condamne l'installation de l'Assemblée à Versailles et s'inquiète de la détérioration de ses conditions de vie. L'**affaire Dreyfus** divise aussi la société française.

La construction d'une culture républicaine et laïque

• La IIIe République vote des lois qui protègent les **libertés fondamentales** : la liberté de réunion (1881), de la presse (1881), par exemple.

• **Jules Ferry** crée l'**école républicaine**. L'école a pour mission de diffuser les valeurs de la République. Les lois de 1881-1882 instaurent un **enseignement gratuit**, **laïque** et **obligatoire** pour tous les enfants de 6 à 13 ans.

• Les **symboles républicains** deviennent des symboles officiels de la nation française : la devise Liberté, Égalité, Fraternité ; *La Marseillaise* proclamée hymne national ; le 14 juillet instauré fête nationale.

• La **loi de séparation des Églises et de l'État** votée en 1905 impose la **laïcité**. Chaque citoyen est libre de pratiquer sa religion et l'État doit respecter le principe de neutralité entre les religions.

L'évolution de la condition féminine

• L'industrie utilise de plus en plus la main-d'œuvre féminine dans ses usines. Une minorité de femmes seulement s'impose dans les professions les plus valorisées : la première femme médecin est diplômée en 1875.

• À la fin du XIXe siècle, en France, les femmes réclament le droit de vote sans l'obtenir.

1 **Indique par leurs numéros les événements du tableau qui correspondent à chaque thème. Un numéro peut être utilisé plusieurs fois.**

L'œuvre de la IIIe République (1870-1914)

1	14 juillet 1879	*La Marseillaise* est l'hymne national de la France.
2	6 juillet 1880	Le 14 juillet devient jour de fête nationale.
3	16 juin 1881	Loi de Jules Ferry : l'école primaire devient gratuite pour tous les enfants.
4	29 juillet 1881	Loi garantissant la liberté de la presse.
5	28 mars 1882	Loi de Jules Ferry : l'école primaire est obligatoire et laïque.
6	21 mars 1884	Loi garantissant le droit d'appartenir à un syndicat.
7	2 juillet 1901	Loi qui autorise la création des associations.
8	9 décembre 1905	Loi qui impose la séparation des Églises et de l'État.

a. Plus de libertés : ....

b. Le droit à l'école pour les enfants : ....

c. La valorisation de la République : ....

d. La lutte contre l'influence de l'Église : ....

2

Gravure de J. Gerlier, 1881.

a. Où se situe la scène représentée sur la gravure ? Que montre-t-elle ?

....

b. À quelles lois citées dans l'exercice 1 peut-on relier cette scène ?

....

....

Les États-Unis

1 En t'aidant du cours, complète la légende de la carte.

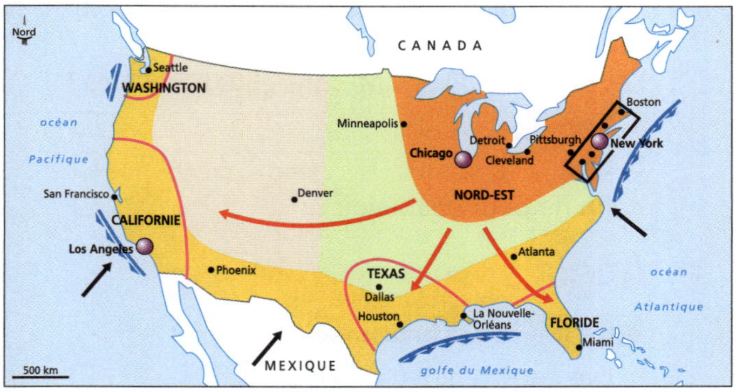

Le territoire des États-Unis dans la mondialisation.

a. Les espaces les plus dynamiques, au cœur de la mondialisation.

- (aplat orange foncé) ....
- (aplat orange bordé de rouge) ....
- (aplat jaune) ....
- (aplat vert clair) ....

b. Les métropoles dans la mondialisation.

- ● (cercle violet) ....
- • ....
- ▭ ....

c. Les principaux flux liés à la mondialisation.

- → (noir) ....
- → (rouge) ....

Principales façades maritimes (ports importants)

2

San Francisco.

a. Relève deux informations dans la photographie qui montrent que San Francisco participe à la puissance des États-Unis.

....

b. Dans quel territoire des États-Unis San Francisco est-elle située ? ....

RAPPEL DE COURS

Les États-Unis sont la première puissance mondiale

- La **puissance mondiale** des États-Unis est **économique**, **politique**, **militaire** et **culturelle**.
- Leur agriculture est la première du monde. Ils sont la première puissance industrielle, surtout grâce aux industries de haute technologie. Ils sont aussi une **puissance commerciale**, **financière** et **touristique**.
- Sur le plan politique et militaire, les États-Unis sont le **membre le plus influent du Conseil de sécurité de l'ONU**. Leur armée est présente dans le monde entier.
- Ils sont enfin une grande puissance culturelle : la musique ou les films produits par de grandes compagnies sont écoutés et regardés dans le monde entier.
- Les atouts des États-Unis sont nombreux. L'immensité du territoire se traduit par une **grande variété de reliefs**, de **climats** et de **richesses de leur sous-sol**. La **population**, dont le revenu moyen est parmi les plus élevés au monde, constitue pour les entreprises un vaste **marché de consommation**. La main-d'œuvre est abondante et qualifiée.

La mondialisation bénéficie à certains territoires

- La mondialisation a favorisé les **métropoles** les plus puissantes du pays ainsi que les régions **littorales** et **transfrontalières**, qui bénéficient des principaux flux économiques.
- Le cœur historique des États-Unis est le Nord-Est. Le centre de cette région est la **Mégalopolis** dont le cœur est New York. Elle concentre de nombreux pouvoirs : la Maison Blanche à Washington, l'ONU et la bourse de Wall Street à New York, des universités connues dans le monde entier, telle celle de Harvard.
- Les espaces les plus dynamiques sont aussi dans la **Sunbelt**, qui doit son développement à l'essor des nouvelles technologies, dont le symbole est la **Silicon Valley** en Californie (région qui concentre les industries informatiques et électroniques).

BILAN de la séquence 9

Pour chaque question, coche la (ou les) bonne(s) réponse(s).
Ensuite, reporte-toi aux corrigés du livret détachable (page 24) et inscris ton score sur 10.

Français

1 Un participe passé conjugué avec *avoir* s'accorde avec :

a. son sujet. ☐
b. son COD si celui-ci est placé avant. ☐
c. son COD si celui-ci est placé après. ☐

2 Lequel de ces verbes est impersonnel ?

a. s'accorder ☐ **b.** rimer ☐ **c.** falloir ☐

Maths

3 1,7 m³ est égal à :

a. 17 dm³ ☐ **b.** 170 dm³ ☐ **c.** 1 700 dm³ ☐

4 *OEFGADCB* est un pavé droit. *O* est l'origine du repère.

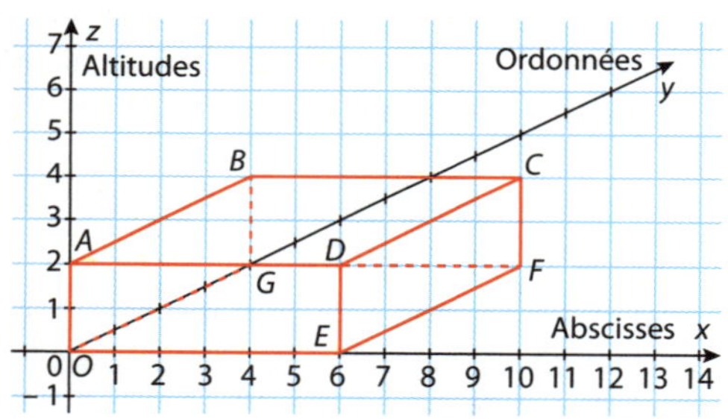

Les coordonnées de *F* sont :

a. (6 ; 4 ; 0). ☐
b. (4 ; 6 ; 0). ☐
c. (6 ; 0 ; 4). ☐

5 Soit *EIJ* un triangle ; *F* est un point de [*EI*) et *G* un point de [*EJ*) tels que : *EI* = 3,6 ; *EJ* = 5 ; *IJ* = 4 ; *EF* = 4,5 et *EG* = 6,25.

a. (*IJ*) est parallèle à (*FG*) ☐
b. (*IJ*) n'est pas parallèle à (*FG*) ☐
c. *FG* = 5,2 ☐

6 Soit *KLM* un triangle : *N* ∈ [*KL*] ; *P* ∈ [*KM*] ; *KN* = 2 ; *NL* = 3 ; *KP* = 5 et *PM* = 7,5. Les droites (*NP*) et (*LM*) sont-elles parallèles ?

a. Non ☐
b. Oui ☐
c. On ne peut pas savoir ☐

Anglais

7 Quelle est la phrase correcte ?

a. I've known him for 2015. ☐
b. I've known him since 2015. ☐
c. I know him since 2015. ☐

8 Quelle forme du verbe « *to play* » convient pour compléter la phrase : « *We … baseball last Saturday.* » ?

a. have played ☐
b. played ☐
c. play ☐

Histoire

9 Quelle réforme caractérise la IIIᵉ République ?

a. La création de l'école primaire gratuite, obligatoire et laïque. ☐
b. La création du franc. ☐
c. Le droit de vote pour les femmes. ☐

Géographie

10 Les territoires les plus dynamiques des États-Unis sont :

a. la Mégalopolis et les Grandes Plaines. ☐
b. la Sunbelt et les Rocheuses. ☐
c. la Mégalopolis et la Sunbelt. ☐

Total …. / 10

Séquence 10

Bien

Les époux Brochon et Rouchon, vacanciers un peu nigauds, s'échangent des cartes postales pendant leurs vacances.

Chers monsieur et madame Brochon,
En voyage organisé, nous pensons bien à vous.
Nous avons quitté la Bulgarie et venons d'arri-
ver en Grèce. Nous avons été un peu déçus par la
Bulgarie à cause de la climatisation du car qui est
tombée en panne et le petit-déjeuner n'était pas
compris. Il nous tarde de connaître la Grèce où le
vin est à volonté et la visite du Parthénon faculta-
tive. Dès que nous serons rentrés, vous viendrez
prendre l'apéritif (c'est notre tour) afin que nous
vous donnions de plus amples détails.
Roger

Chers monsieur et madame Rouchon,
En week-end en Angleterre, nous pensons à vous.
Nous avons passé toute la journée à regarder un
bobby[1] posté devant la Tour de Londres.
De dix heures du matin à six heures du soir (nous
venons de rentrer à notre bed and breakfast), il
n'a pas bougé d'un cil !
Demain matin : retour au bercail. La prochaine
fois que nous irons à Londres, nous tenterons de
visiter la ville.
Monsieur et madame Brochon

Chers monsieur et madame Rouchon,
Aujourd'hui, nous profitons d'une belle journée
de farniente pour écrire nos cartes postales. Une
excursion a été organisée pour aller voir le Pain
de sucre[2], mais avec le diabète[3] de Robert nous
avons jugé plus raisonnable de rester à l'hôtel.
Monsieur et madame Brochon

Chers monsieur et madame Brochon,
La chaleur qu'il fait au Lavandou, c'est épouvan-
table. C'est bien simple, avec Roger, la nuit, on
est obligés de coucher avec des mousquetaires.
Je signe pour Roger : il est parti au coiffeur se
faire rafraîchir le derrière.
Madame Rouchon

1. *policier anglais.* 2. *Le Pain de sucre est la montagne qui domine la baie de Rio de Janeiro (Brésil).* 3. *maladie des personnes qui ont trop de sucre dans le sang.*

François Morel et **Pascal Rabaté**,
extraits de *Bien des choses*, Futuropolis, 2009.

Lecture et compréhension

1 Ces affirmations sont-elles vraies ou fausses ?

a. Roger apprécie plus l'alcool que les visites culturelles. V F
b. Les Brochon ont visité la Tour de Londres. V F
c. Mme Rouchon n'aime pas se faire piquer par les moustiques. V F
d. Les Brochon profitent des jours de pluie pour écrire leurs cartes postales. V F

2 Coche la bonne réponse. Ces extraits sont :

☐ tristes car les vacances de ces couples se passent mal.
☐ dramatiques car Robert est très malade.
☐ satiriques car ils critiquent et ridiculisent la naïveté et les maladresses de ces deux couples.

des choses

Vocabulaire

3 Les paronymes sont des mots qui se prononcent presque de la même façon (ex. : *incident* et *accident*).

Quel paronyme de *mousquetaire* Mme Rouchon a-t-elle voulu utiliser ? ....

4 Le verbe *rafraîchir* signifie « refroidir » mais aussi « rendre l'aspect du neuf ».

Comment appelle-t-on ces mots qui ont plusieurs sens ? ....

Orthographe

5 Associe ces mots de façon à former six mots composés écrits au pluriel. N'oublie pas le trait d'union.

lave – coffres – va – tire – vaisselles – et – arrière – savoir – vient – bouchons – faire – forts – pensées

....

....

....

Grammaire

6 Dans ces phrases, les paroles sont-elles rapportées au discours direct ou indirect ?

a. Madame Rouchon prétend qu'il fait très chaud au Lavandou. → Discours ....

b. Roger s'exclame : « Venez donc prendre l'apéritif ! » → Discours ....

7 Transpose le discours direct en discours indirect.

a. Ils promettent : « Nous vous inviterons en septembre ! »
→ Ils promettent qu' ....
....

b. Elle déclare : « J'ai tellement chaud que je n'arrive pas à dormir… »
Elle déclare qu' ....
....

RAPPEL DE COURS

Le pluriel des noms composés

• Les mots composés sont formés de mots de différentes natures le plus souvent reliés par un **trait d'union**.

• Selon leur nature, les mots prennent ou non la marque du pluriel :
– les **adjectifs s'accordent toujours** ;

Ex. une grand-mère → des grands-mères

– le **verbe**, les **adverbes** et les **prépositions sont invariables**.

Ex. un porte-avion → des porte-avions

– Sauf rares exceptions, les noms prennent toujours la marque du pluriel lorsque le mot composé est au pluriel.

Ex. des sèche-cheveux, des après-midis, des choux-fleurs, mais des chefs-d'œuvre

• De nombreux mots s'écrivent désormais soudés : *portemonnaie, contrexemple, extraterrestre, weekend…* En cas de doute, vérifie dans un dictionnaire.

Le discours direct et le discours indirect

Dans un texte narratif, on peut rapporter les paroles des personnages de différentes façons.

• Au **discours direct**, les paroles interrompent la narration. Elles sont signalées par la ponctuation (deux points, guillemets ou tirets). Elles ne sont pas modifiées.

Ex. Roger déclare : « Nous pensons bien à vous ! »

• Au **discours indirect**, les paroles sont intégrées dans la narration. Elles sont introduites par un verbe de parole. Elles subissent des transformations qui peuvent concerner les pronoms, les temps, les modes, la ponctuation, la syntaxe.

Ex. Roger déclarait qu'ils pensaient bien à eux.

Du haut

Une des plus grandes tyroliennes d'Europe !

1 Yacine et Sophie vont utiliser la tyrolienne d'Orcières.

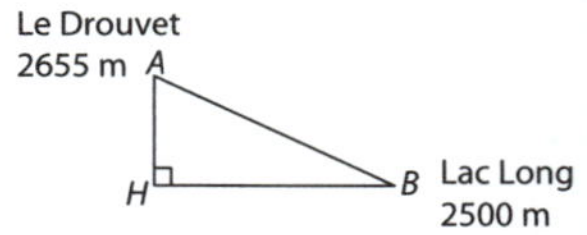

Elle est constituée d'un câble tendu entre le sommet du Drouvet (2 655 m) et le lac Long (2 500 m) ; sa longueur atteint 1 870 mètres.
Soit A le sommet et B le lac. On cherche à déterminer l'angle que fait (AB) avec le plan horizontal c'est-à-dire l'angle $\widehat{ABH}$.

a **Détermine l'arrondi de $\widehat{BAH}$ au degré.**

....

....

b **Déduis-en l'arrondi de $\widehat{ABH}$ au degré.**

....

....

2 Le téléphérique relie les points A et B.

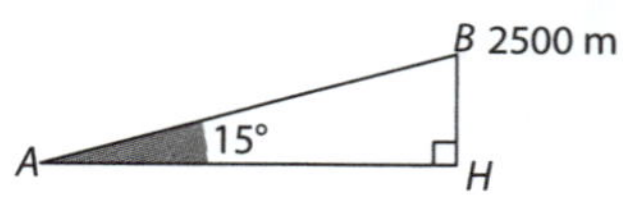

Altitude de A : 1 850 m.
Altitude de B : 2 500 m.
On sait que la droite (AB) fait un angle de 15° avec le plan horizontal.

a **Détermine la valeur exacte de la distance de A à B.**

....

....

....

b **Détermine l'arrondi de la distance de A à B à l'unité.**

....

....

....

RAPPEL DE COURS

Définition du cosinus d'un angle aigu dans un triangle rectangle

- Soit ABC un triangle rectangle en A. Les angles $\widehat{ABC}$ et $\widehat{ACB}$ sont aigus.

$$\cos \widehat{ABC} = \frac{AB}{BC} \text{ et } \cos \widehat{ACB} = \frac{AC}{BC}.$$

- Dans un triangle rectangle,

$$\cos(\text{angle aigu}) = \frac{\text{côté adjacent à l'angle}}{\text{hypoténuse}}.$$

Ex.
- Soit ABC un triangle rectangle en A.
$BC = 4$ et $\widehat{ABC} = 35°$. Calcule AB (valeur exacte puis arrondi à 0,1 cm).
$\cos 35° = \frac{AB}{4}$ donc $AB = 4 \times \cos 35°$ (valeur exacte).
On utilise la calculatrice pour obtenir l'arrondi.
Attention à l'unité d'angle : il faut se mettre en degré.
(4)(cos)(3)(5)(=) affichage : 3.2776608177.
L'arrondi de AB à 0,1cm est 3,3 cm.
- Soit ABC un triangle rectangle en A.
Détermine l'arrondi de $\widehat{ACB}$ au degré sachant que $BC = 4$ et $AC = 3$.
On calcule d'abord la valeur exacte du cosinus :
$\cos \widehat{ACB} = \frac{3}{4} = 0,75$.
Calculatrice : on utilise la touche ($\cos^{-1}$). (On l'atteint avec la touche (2nde) ou (INV).)
Séquence : ($\cos^{-1}$)(0)(,)(7)(5) affichage : 41.40966662211.
$\widehat{ACB} \approx 41°$.

des cimes

Attention à l'échelle !

3 Le papa de Yacine veut installer chez lui un panier de basket. Il doit le fixer à 3,05 m du sol. L'échelle dont il se sert mesure 3,20 m de long.

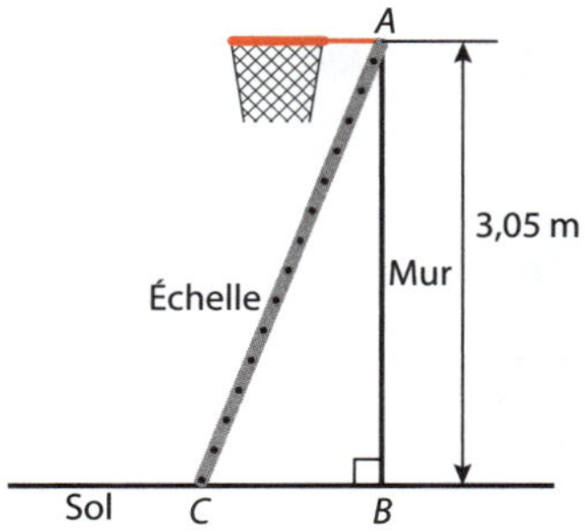

a À quelle distance du pied du mur doit-il placer l'échelle pour que son sommet soit juste au niveau du panier ? Donne l'arrondi au cm.

....

....

b Calcule l'angle formé par l'échelle et le sol. Donne l'arrondi au degré.

....

....

4 Une échelle de 6 mètres est appuyée contre un mur vertical. Par mesure de sécurité, on estime que l'angle que fait l'échelle avec le sol doit être de 75 degrés.

Calcule la distance *AB* entre le pied de l'échelle et le mur. Tu donneras la valeur exacte puis le résultat arrondi au centimètre.

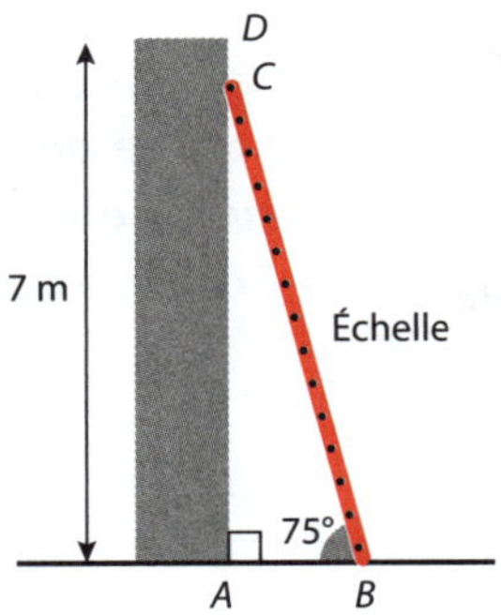

....

....

5 On considère un triangle *ABC* équilatéral de côté *a*. Soit *I* le milieu de [*BC*].

a Quelle est la nature du triangle *ABI* ?

....

....

b En déduire la valeur de cos 60°.

....

....

L'EXO COSTAUD

6 Un escalier droit est constitué de 3 marches en bois. $h = 18$ cm et $p = 24$ cm.

Aide-toi du dessin en coupe et des dimensions données.

a Calcule les dimensions *H* et *P*.

....

....

b Calcule les dimensions *l* et *L*.

....

....

Utilise le théorème de Pythagore.

c Calcule le cosinus de l'angle α.

....

....

d Donne l'arrondi de α au degré.

....

....

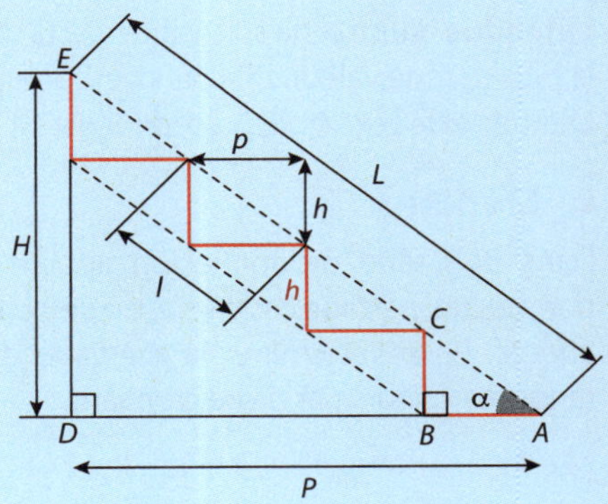

RAPPEL DE COURS

Fréquence

La **fréquence** d'une valeur d'une série statistique est le **quotient de l'effectif de cette valeur par l'effectif total**.

Diagrammes

On peut représenter un relevé statistique par :
- un **diagramme à barres** dans lequel les hauteurs des barres sont proportionnelles aux effectifs ;
- un **diagramme circulaire** dans lequel les angles des secteurs sont proportionnels aux effectifs.

Moyenne et moyenne pondérée

- La **moyenne** d'une série de données est égale au **quotient de la somme de toutes les données par l'effectif total**.
- La **moyenne pondérée** par les effectifs d'une série de valeurs est égale au **quotient de la somme des produits de chaque valeur par son effectif par l'effectif total**.

Ex. : On considère la série de huit notes :
11 ; 12 ; 11 ; 9 ; 14 ; 11 ; 12 ; 14.
$\frac{9\times1+11\times3+12\times2+14\times2}{8}=\frac{9+33+24+28}{8}=\frac{94}{8}=11{,}75.$

Étendue

L'**étendue** d'une série statistique est la différence entre la plus grande valeur et la plus petite valeur.
L'étendue de l'exemple précédent est 14 – 9 = 5.

Médiane

Dans une série ordonnée, on appelle **médiane** un nombre qui partage cette série en deux séries de même effectif. Pour déterminer la médiane d'une série, on range les valeurs par ordre croissant.

Ex. 1 Effectif impair : 9 ; 9 ; 11 ; 11 ; 12 ; 14 ; 15 ; 16 ; 16.
La médiane est 12.

Ex. 2 Effectif pair : 9 ; 11 ; 11 ; 11 ; 12 ; 12 ; 14 ; 14.
Tout nombre compris entre 11 et 12 est une médiane.
Souvent, on choisit le milieu : 11,5.

Des paniers et

Un match de géants !

1 David et Mégane assistent à un match de basket-ball. Chaque équipe est composée de 8 joueurs, dont 5 seulement sont sur le terrain, les 3 autres étant des remplaçants. Le tableau suivant donne la taille (en mètre) des joueurs de chaque équipe.

Équipe A (Bleue)								
Joueur	1	2	3	4	5	6	7	8
Taille	2,01	1,98	1,85	2,04	2	1,95	1,92	1,97
Équipe B (Rouge)								
Joueur	1	2	3	4	5	6	7	8
Taille	1,72	1,95	2,08	2,03	1,99	2,01	1,96	1,9

a Calcule la taille moyenne de chacune des équipes.

....

....

b L'équipe A peut-elle aligner sur le terrain une équipe de 5 joueurs dont la moyenne des tailles est supérieure ou égale à 2 mètres ? Si oui, donne la composition de l'équipe.

....

....

c Si l'équipe B tient à faire jouer son joueur vedette (le n° 1 rouge), quelle est la taille moyenne de la plus grande équipe B possible sur le terrain ?

....

....

2 Le diagramme donne les âges des 30 adhérents d'un club de badminton. Le rectangle correspondant aux adhérents de 16 ans a été effacé.

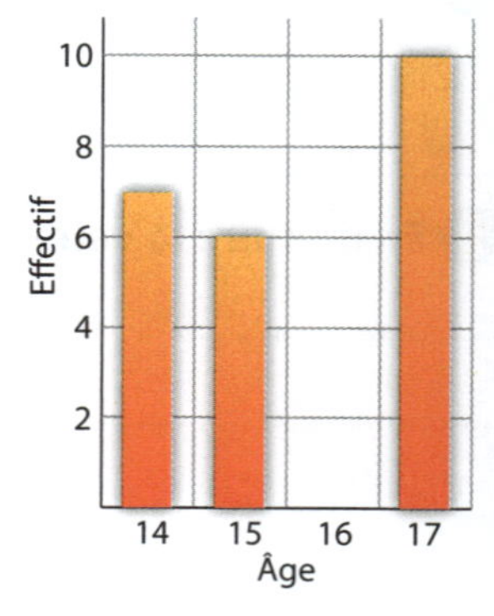

des vélos...

a Calcule le nombre d'adhérents ayant 16 ans et trace le rectangle correspondant.

....

b Quel est le pourcentage du nombre d'adhérents ayant 15 ans ?

....

c Quel est l'âge moyen des adhérents du club ? Donne la valeur arrondie au dixième.

....

d Complète le tableau pour réaliser un diagramme semi-circulaire représentant la répartition des adhérents selon leur âge.

Âge (années)	14	15	16	17	Total
Nombre d'adhérents	....	....	....	....	30
Mesure de l'angle en degrés	....	....	....	....	180°

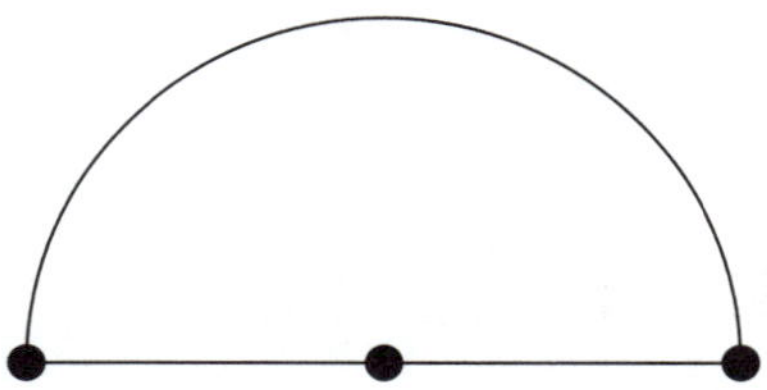

Les mesures des angles sont proportionnelles aux nombres d'adhérents. Pense au produit en croix.

En musique !

3 Un site de téléchargement légal a réalisé une enquête de satisfaction auprès des internautes clients. Le tableau donne les notes (sur 20) que 50 internautes ont attribuées au site.

Note	6	8	10	12	14	15	17
Effectif	1	5	7	8	12	9	8

a Calcule la note moyenne. Arrondis à l'unité.

....

....

b Les résultats de l'enquête sont jugés satisfaisants si 55 % des internautes ont donné une note supérieure ou égale à 14.
Est-ce le cas ? Justifie la réponse.

....

....

L'EXO MÉMO

4 Trois nombres ont une moyenne égale à 10 et cinq nombres une moyenne égale à 12. **Quelle est la moyenne des huit nombres ?**

....

....

L'EXO COSTAUD

5 Les temps mis par les coureurs d'une même équipe, à mi-parcours d'une course cycliste, sont totalisés dans le tableau suivant :

	Coureurs	Temps de course
1	Italie	80 h 45 min
2	France	80 h 52 min
3	Espagne	80 h 53 min
4	Slovénie	80 h 53 min
5	Allemagne	80 h 55 min
6	Belgique	80 h 57 min
7	Royaume-Uni	80 h 59 min
8	Suisse	81 h 00 min
9	Pays-Bas	81 h 00 min

a Calcule la différence entre le temps de l'équipe des Pays-Bas et celui de l'équipe d'Italie.

....

On considère la série statistique formée par le temps des équipes.

b Que représente pour cette série statistique la différence calculée à la question a ?

....

Quelle est sa médiane ?

....

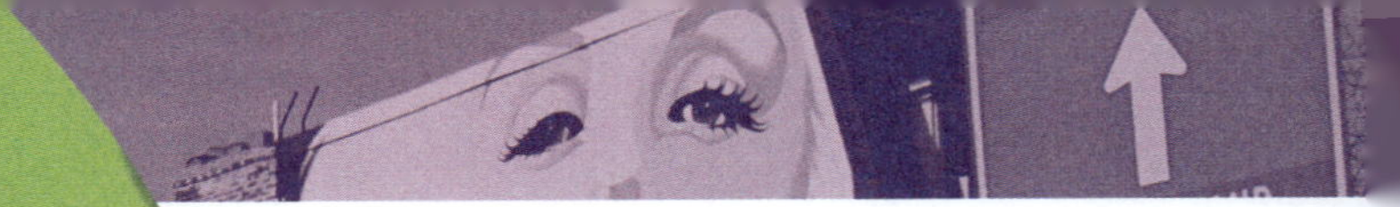

What happened

On Monday, Andy asked Barbara what **had happened** on the *Simpsons* show **the previous** week because **he had missed**[1] the episode. Barbara answered that it **had been** a fantastic episode! All the children **had been using** their cell phones[2] in class so the school teacher Mrs Krabappel **had confiscated** all the phones! To get even[3], Bart **had put** alcohol in her coffee. Barbara added[4] that the teacher **had become** very drunk at school and **had made** a fool of herself[5] so she **had lost** her job. But Bart **had felt** bad about[6] his bad action and **had helped** Edna Krabappel, who **had got** her job back!

Adapted from *The Simpsons*
(Episode 2 – Season 21)

1. **had missed :** *avait raté.* 2. **cell phone (US) = mobile phone (GB) :** *téléphone portable.* 3. **get even :** *se venger, prendre sa revanche.* 4. *ajouta.* 5. **had made a fool of herself :** *s'était ridiculisée.* 6. **had felt bad about :** *s'était senti coupable.*

Le sais-tu ?

La série TV Les Simpsons existe depuis 1989. Elle a battu de nombreux records (longévité, nombre d'épisodes, prix obtenus) et a été nommée « meilleure série du xxe siècle » par Time Magazine. La famille Simpson a même son étoile à Hollywood, comme les plus grandes stars du cinéma !

Mots et expressions

L'école, les enseignants

schoolteacher *instituteur (-trice)*
teacher *professeur au collège, au lycée*
professor *professeur d'université*
the classroom *la (salle de) classe*
a class *une classe (les élèves), un cours*
in class *en cours, en classe*
an English class *un cours d'anglais*

Comprendre

1 Vrai ou faux ? Coche la bonne réponse.

	True	False
a. Andy didn't watch the *Simpsons* show last week.	☐	☐
b. Barbara thought the episode wasn't very good.	☐	☐
c. Bart wanted revenge against his teacher.	☐	☐
d. The teacher drank too much alcohol.	☐	☐
e. The teacher had no problem at school.	☐	☐
f. Bart was very happy with his action.	☐	☐
g. At the end, the teacher returned to her school job.	☐	☐

2 Trouve dans le texte sept mots transparents (ils ressemblent beaucoup au même mot en français).

a. .... d. .... g. ....
b. .... e. ....
c. .... f. ....

3 Trouve dans le texte deux mots anglais qu'on utilise aussi en français.

a. spectacle = ... b. emploi = ...

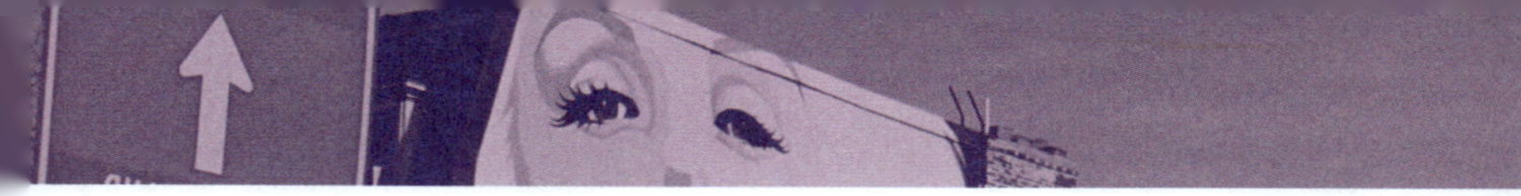

on *The Simpsons*?

S'entraîner

4 Complète ces phrases à la voix active.

a. Andy : "What .... on the Simpsons show .... week?"

b. Barbara : "It .... a fantastic episode!"

c. "All the children .... using .... cell phones."

d. "To get even, Bart .... alcohol in............................... coffee."

5 Écris ces phrases au discours indirect.

Ex. He said "I watched *The Simpsons* last week".
→ He said that he had watched *The Simpsons* the previous week.

a. He told Edna "I've put alcohol in your coffee". ....
....

b. She told Bart "I'll come to see you tomorrow". ....
....

c. She told Bart "Do your homework!" ....
....

d. They said to her "We want you to teach us!" ....
....

6 Écris ces phrases au discours indirect en utilisant les amorces fournies.

a. She asked Bart "Did you do your homework?"
She asked Bart if ....
....

b. He asked Edna "When will you get your job back?"
He asked Edna when ....

c. They asked Edna "Are you happy to be back?"
They asked her whether ....

RAPPEL DE COURS

Le discours indirect

Pour rapporter les propos de quelqu'un, on fait les mêmes changements en anglais qu'en français. Si le discours est rapporté au présent (***He says that...***), on ne change que les pronoms et les possessifs. En revanche, si le discours est rapporté au passé (***He said that...***), on doit changer :

- les pronoms et les possessifs : ***I*** ou ***you*** devient ***he / she***. ***My*** devient ***his / her*** ;
- les marqueurs de temps : ***yesterday*** devient ***the previous day***, ***tomorrow*** devient ***the following day***, ***two years ago*** devient ***two years earlier*** ;
- les temps : on recule d'un temps dans le passé, selon le tableau ci-dessous :

Temps du discours direct	Temps du discours indirect
Présent	Prétérit
Prétérit	***Pluperfect***
Present perfect / Pluperfect	***Pluperfect***
Futur (***will***) ou conditionnel (***would***)	Conditionnel (***would***)
Impératif (ordre)	Infinitif (***to*** + base verbale)

Des questions au discours direct deviennent des questions indirectes au discours rapporté :

Ex. He asked her : "Are you English ?"
Il lui demanda : « Es-tu anglaise ? ».
He asked her whether / if she was English.
Il lui demanda si elle était anglaise.

La nutrition des êtres vivants

RAPPEL DE COURS

Se nourrir pour fonctionner

• Les végétaux, comme les animaux, puisent dans leur milieu de vie des éléments qui apportent **matière** et **énergie** aux cellules de leur organisme. Chez tous les êtres vivants, au niveau cellulaire, la matière organique est dégradée afin de fournir l'énergie indispensable au bon fonctionnement des cellules.

• Les besoins nutritionnels d'un animal correspondent à ceux de ses organes. Pour fonctionner, ceux-ci utilisent des **nutriments** (issus de la digestion des aliments dans le système digestif) et du **dioxygène** (prélevé dans le milieu de vie grâce au système respiratoire).

• La croissance des végétaux est assurée par la **photosynthèse**. La plante prélève dans son milieu (sol/air) de la **matière minérale** (eau, dioxyde de carbone) qu'elle transforme en **matière organique**, en présence d'**énergie lumineuse**.

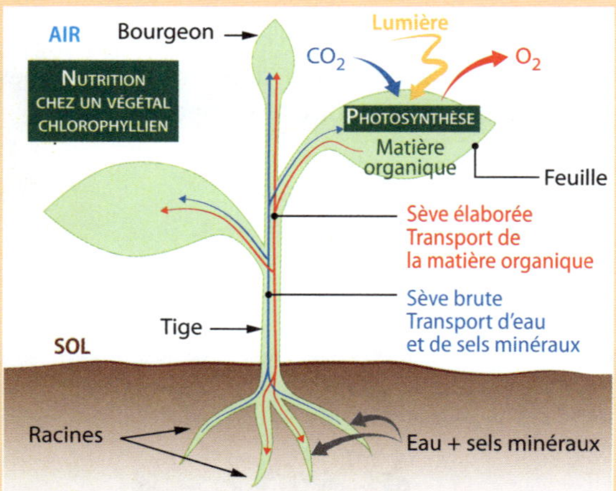

Des micro-organismes indispensables

Les animaux, comme les végétaux, développent des **associations avec d'autres organismes** pour s'assurer un meilleur approvisionnement en éléments nutritifs :
– en augmentant la surface d'échanges avec le milieu de vie (ex. : la mycorhize qui est la symbiose entre les racines d'une plante et un champignon) ;
– en facilitant la digestion (ex. : flore intestinale chez les animaux).

1 **À quoi sert la matière organique apportée aux cellules des êtres vivants ?**

....

2 **Montre à l'aide du résultat de l'expérience que la photosynthèse ne se fait que dans la partie chlorophyllienne de la feuille et seulement en présence de lumière.**

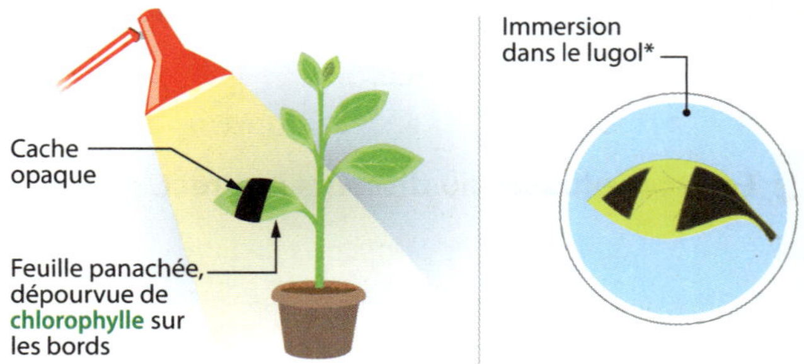

* Le lugol devient noir en présence d'amidon (glucide).

....

....

3 Tu envisages de planter du basilic dans ton jardin. L'horticulteur dispose de plants avec champignons à mycorhizes ou sans.

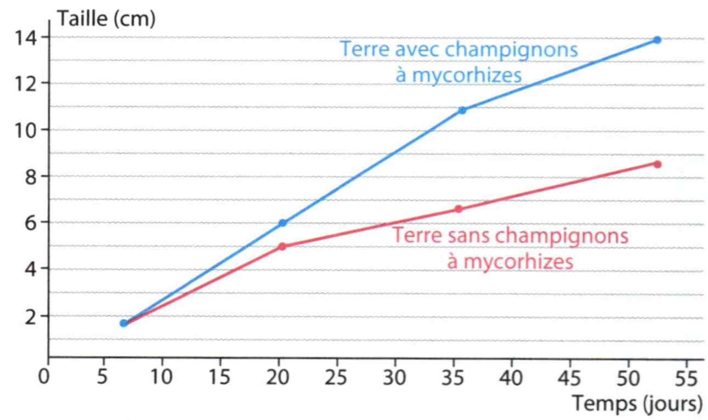

Évolution de la taille des plants de basilic cultivés en fonction du temps.

Après étude du document, choisis les plants que tu vas acheter et justifie ton choix.

....

La vitesse

1 **Pour chaque valeur, indique le nom de la grandeur et l'unité utilisée.**

Ex. : 15 km : c'est une distance en kilomètres.

a. 45 s : ....

b. 35 km/h : ....

c. 12 m/s : ....

d. 35 m : ....

e. 4 h : ....

2 Un automobiliste a parcouru 120 kilomètres en 2 heures et 30 minutes.
Calcule sa vitesse moyenne en kilomètres par heure.

....

3 Un sprinter effectue son 100 mètres à la vitesse de 32,4 km/h.
Convertis cette vitesse en m/s puis calcule la durée de la course.

....

4 Le manège « le donjon de l'extrême » est une tour permettant de faire une chute libre de 3 secondes à la vitesse de 115 km/h assis dans une cabine.

a. Calcule la hauteur de la chute.

....

b. Indique la valeur, le sens et la direction de la vitesse de la cabine.

....

5 Sur route sèche, une voiture roulant à une vitesse de 90 km/h a une distance de freinage de 45 mètres.

a. Convertis la vitesse en m/s.

....

b. Quelle distance va parcourir le véhicule en 1 seconde ?

....

c. Calcule la distance d'arrêt de ce véhicule. ....

RAPPEL DE COURS

La vitesse moyenne d'un objet

- La **vitesse moyenne v d'un objet** est le quotient de la distance parcourue d par la durée Δt du parcours.

$$v = \frac{d}{\Delta t}$$

vitesse (m/s) — distance (m) — durée (s)

- Cette relation peut aussi s'écrire :

$$d = v \times \Delta t \quad \text{et} \quad \Delta t = \frac{d}{v}.$$

- La vitesse peut s'exprimer en mètre par seconde (m/s) ou en kilomètre par heure (km/h).

km/h kilomètre par heure $\xrightarrow{\div 3,6}$ m/s mètre par seconde

m/s mètre par seconde $\xrightarrow{\times 3,6}$ km/h kilomètre par heure

Décrire une vitesse

Pour décrire une vitesse, il faut préciser sa valeur, sa direction et son sens.

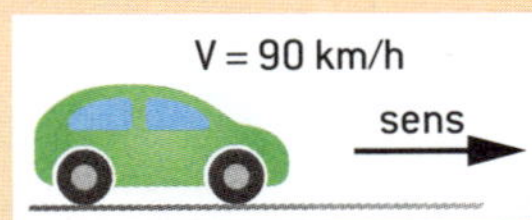

Direction : horizontale ; sens : vers la droite ; valeur : 90 km/h.

Distance d'arrêt d'un véhicule

La **distance d'arrêt d'un véhicule** est la distance parcourue par ce véhicule entre la perception d'un danger par le conducteur et l'arrêt complet du véhicule. Elle est égale à la somme de la distance de réaction (distance parcourue en 1 seconde) et de la distance de freinage.

$$D_A = D_R + D_F$$

BILAN de la séquence 10

Pour chaque question, coche la (ou les) bonne(s) réponse(s).
Ensuite, reporte-toi aux corrigés du livret détachable (page 27) et inscris ton score sur 10.

Français

1 Un mot qui a plusieurs sens est :

a. polysémique. ☐
b. synonymique. ☐
c. hyperbolique. ☐

2 Dans quelle phrase le discours indirect est-il bien écrit ?

a. Ils disent qu'ils aimeraient visiter Londres ! ☐
b. Ils disent que « ils aimeraient visiter Londres ». ☐
c. Ils disent qu'ils aimeraient visiter Londres. ☐

Maths

3 Soit *GEF* un triangle rectangle en *E*. On a :

a. $\cos \widehat{EFG} = \frac{EF}{FG}$ ☐

b. $\cos \widehat{EFG} = \frac{EF}{EG}$ ☐

c. $\cos \widehat{EFG} = \frac{EG}{FG}$ ☐

4 *JKL* est un triangle rectangle en *L*. Le nombre $\frac{KL}{KJ}$ est égal à :

a. $\cos \widehat{LJK}$ ☐
b. $\cos \widehat{KLJ}$ ☐
c. $\cos \widehat{JKL}$ ☐

5 Jean a obtenu comme notes : 8 ; 15 ; 12 ; 13 ; 9. Sa moyenne est :

a. 12 ☐ b. 11,4 ☐ c. 10 ☐

6 La médiane de la série des notes de Jean est :

a. 15 ☐ b. 11,4 ☐ c. 12 ☐

Anglais

7 Au discours indirect, que devient la phrase : « *Pete said: "I love you".* » ?

a. Pete said that I loved you. ☐
b. Pete said that he loves her. ☐
c. Pete said that he loved her. ☐

8 Au discours indirect, la question : « *Are you a good surfer?* » deviendra : « *He asked her…* » :

a. … whether she was a good surfer. ☐
b. … if she had been a good surfer. ☐
c. … was she a good surfer? ☐

SVT

9 Les végétaux chlorophylliens fabriquent leur matière organique :

a. uniquement grâce à la photosynthèse. ☐
b. à partir de la matière organique d'autres plantes. ☐
c. grâce à la photosynthèse mais aussi grâce à la symbiose avec des micro-organismes. ☐

Physique

10 Pour calculer une vitesse, j'utilise la formule :

a. $v = t/d$ ☐
b. $v = d \times t$ ☐
c. $v = d/t$ ☐

Total …. / 10

Achevé d'imprimer en Mars 2023 en Italie par Elcograf
Dépôt légal : Mai 2022 - Édition 02